喚醒你的英文語感！

Get a Feel for English !

喚醒你的英文語感！

Get a Feel for English !

外商‧百大

接待英文

96 Essential Business Entertainment Topics 勝經

作 者 ◎ Brian Greene　　資深外商主管 薛詠文 增訂、導讀

Impress your guests!

Mr. Smith is coming to town and you have been assigned to be his host. Or perhaps Mrs. Smith is already here and you must show her the sights. Is your English up to the task of making his or her stay memorable and successful without having a heart attack while you are doing it?

No matter what state your English is in, you will find this phrase book helpful and easy to use. It was designed for a Chinese native speaker to comfortably interact with a guest from abroad. Topically organized, there are phrases to use in all kinds of situations with business people, academics, and other visitors from abroad.

Keep in mind that many of the phrases contain nouns and noun phrases that can be substituted with others to suit the context. For example, on topic 15, you will find the phrase "We'll have dinner with the technology people at 6:30 or 7:00." Most likely, this meal has been arranged to help your guest satisfy a particular objective. If your guest is an academic trying to get permission to enter an archive, you could fine-tune the noun phrase at the end of the sentence and say, "We'll have lunch with the archive director at 12:30." On the other hand, if your guest is doing business, then perhaps it would be more appropriate to say, "We'll have dinner with a couple of guys from the marketing department at around 7:30."

Another feature of this book is the names of people, companies, and places that are used. We kept them simple and few to make it easier for you to replace them with the relevant names particular to your circumstances, and to more clearly see the functional patterns in the phrases. This, we hope, will increase the effectiveness of the book as a tool for communication and language learning.

In addition, strategies for using English have been included. Since a single book cannot possibly contain all of the things a foreign guest might happen to say to a host, you need to know how to tactfully handle instances of not understanding to avoid misunderstanding. For example, on topic 65 you will find the phrase, "Lip balm? What does it look like?" This teaches the skill of repeating a noun or noun phrase and following it with a question to cope with something you do not understand.

Hosting a guest from abroad requires preparation and hard work. With its phrases to use for planning, executing, and concluding a guest's stay, Overheard While Entertaining Guests should be within reach when the time comes to host Mr. or Mrs. Smith — no matter from where he or she arrives, or to where you decide to take him or her. Good luck.

Brian Greene

　　史密斯先生就要到了，而你被指派為接待人。或者史密斯太太人已經到了，而你必須帶她到各處參觀。你的英語能力是否足以讓對方此行圓滿成功並留下難忘的回憶，同時你又不會緊張到心臟病發作？

　　無論你目前的英語程度如何，你會發現這本句典既實用，使用上又方便。本書針對以中文為母語的人士而設計，教你如何從容應對國外訪客。本書的內容安排採主題式設計，適用於接待國外商務人士、學術界人士或其他領域訪客的各種場合。

　　提醒讀者：你可以依據場合，將本書許多句子中的名詞和名詞片語，用其他的名詞和名詞片語來代替。例如，主題 15 中有一句是 **"We'll have dinner with the technology people at 6:30 or 7:00."**「我們六點半或七點將和技術部門的人吃晚餐。」安排這頓飯局的用意極有可能是為了協助你的訪客達成某個目的。假設你的訪客是學術界人士，想取得某一資料庫的使用權，此時你可以在句末的名詞片語上作細微調整，你可以說：**"We'll have lunch with the archive director at 12:30."**「我們十二點半將和資料庫的主任吃午餐。」換個角度，假使你的訪客是商場人士，此時這樣說或許更為恰當：**"We'll have dinner with a couple of guys from the marketing department at around 7:30."**「我們在大約七點半時將和幾位行銷部門的人吃晚餐。」

　　本書中使用的人名、公司名、地名是本書的另一項特色。我們盡量採用簡單的名字，數量也不算多，讀者可以考量個人的情形替之以相關的名稱；此外，讀者還可以清楚地看出這些句子的結構是具功能性的。我們希望這樣的設計能讓本書成為讀者在溝通和語言學習上最有效率的利器。

此外，本書還教你使用英語時的一些訣竅。因為單單一本書不可能收錄國外訪客可能對招待人說的所有話語，因此你必須知道在不了解對方意思時，該如何巧妙應對以避免誤會。例如：主題 65 中你會看到這個句子：**Lip balm? What does it look like?"**「護脣膏？長什麼樣子？」這種句法教你在遇到不知道的事情時，先複述該名詞或名詞片語，然後再問問題的技巧。

迎接國外賓客需要事先準備並下苦工。《外商百大接待英文勝經》設計的用語，適用於外賓造訪時行程上的安排、接待、和送別。無論是要招待史密斯先生還是史密斯太太、無論對方打從哪裡來、無論你決定帶對方上哪去，這本書都很容易上手。祝學習順利！

導　讀

　　您想進外商公司嗎？還是您已經在外商公司上班了呢？不論是何種情況，在現今國際交流頻頻、商務活動活躍的環境下，使用國際語言——英語溝通，已成為基本能力。

　　在台灣，學習商務英文口語的風氣盛行，台灣讀者也開始自覺，僅以英文表面翻譯或死記文法規則的方法來學習是不夠的；而且應學習以自然道地、貼近老外的習慣用法與口語說法來表達我們的想法。但目前台灣讀者說英文時仍常受到母語影響，帶有「中文味」的英文常讓老外聽得一頭霧水。那麼，如果想透過自修來增進商務英文口語能力，教材應該怎麼選擇？

　　以一本實用性佳的商務英文接待學習書來說，應囊括商務情境中會遇到的所有環節，比如：從機場見面、餐會、業務討論、產品簡報、觀光導覽，到後續聯繫等。而目前市面上的商務英文接待學習書大多以個別主題來成書，其功能性很好，但整合性、實用性仍待加強。

　　本書提供讀者最完備、豐富的內容。書中涵蓋接待任務前、中、後共十個商務主題，包括：事前聯繫、接機、商務陪同、導覽、社交、解決問題、後續聯繫等。根據主題列出實用的情境例句，並特別在每個主要例句之後編寫「換句話說」、「接續著說」及「可以回答」等不同角度的表達方式給讀者延伸學習及應用。另外，除了依情境提供例句之外，亦附加了實用的單字註解；而隨機出現在各單元的商務接待 Tips 補充專欄，讓讀者在了解英文句型的用法之餘，還可以一窺筆者商務交流的實務經驗，讓您跟老外做生意時更加得心應手。

除了收錄與外國客戶或廠商討論業務的相關主題外，亦收錄相當多介紹台灣當地餐飲活動、節日、文化等觀光嚮導好用句，讓讀者接待外賓時，再也不擔心「沒話聊」或「不知道這句英文怎麼講」的情況發生。最棒的是，書中的例句都是真實商務環境裡需使用的英文口語，這些精心編撰的好用句，能幫助讀者在今後所有商務情境中，與任何人互動都如魚得水！

薛詠文

CONTENTS

Section 1 任務前

Part 1　事前連繫

Section 2 任務開始

Part 2　接機與協助下榻

Part 5　觀光嚮導：玩樂篇

Part 6　觀光嚮導：購物篇

Section 3 任務之後

Part 10　後續聯繫

APPENDIX　中式料理常用詞彙　　185

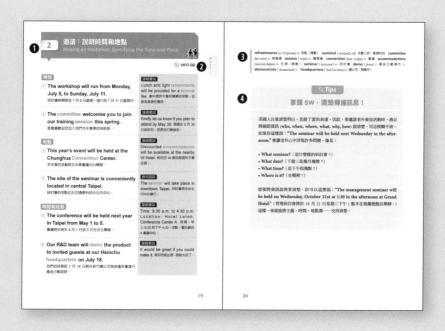

本書使用說明

❶ 單元主題：針對商務接待的會話需求，提供 10 個 Part、共 96 個重要
情境。

❷ MP3 軌數：提供 MP3 學習功能，學習外師的正確發音。

❸ 重要字彙：精選出該單元須特別熟記的實用單字。

❹ Tips：針對單元情境加值商務接待重點補充或延伸學習等專欄。

符號說明

接續著說 可用來延伸對話的句子

可以回答 該語句的可能回應

換句話說 該語句的替換說法

v. 動詞　　*n.* 名詞　　*adv.* 副詞　　*adj.* 形容詞　　*conj.* 連接詞

Section 1
任務前

Part
1

事前連繫

MP3 01

---

1. **You are cordially invited to attend the fifth annual NMA conference.**
   誠摯地邀請您參加第五屆 NMA 年度會議。

   【換句話說】
   Please join us for the 2015 NMA convention. 敬請光臨 2015 年 NMA 年度會議。

---

2. **The planning department invites you to attend this year's development workshop.**
   企劃部邀請您參加本年度的研習會。

   【換句話說】
   On behalf of the planning department, I would like to warmly welcome you to attend the development workshop this year. 謹代表企劃部熱烈歡迎您參加本年度的研習會。

---

3. **We really hope you will be able to attend.**
   我們很希望您能夠參加。

   【接續著說】
   The schedule of events promises to be quite worthwhile. 活動行程保證不虛此行。

---

4. **We are pleased to announce your application has been accepted.**
   我們很高興通知您，您的申請已經通過了。

   【換句話說】
   Good news. The committee has accepted your application. 好消息。委員會已通過您的申請。

---

5. **On behalf of all of us in the planning department, I look forward to your visit.**
   我謹代表企劃部全體人員，期待您的出席。

   【換句話說】
   The entire planning department is looking forward to seeing you. 全體企劃部都期待與您見面。

---

6. **Everyone here at Yoyodyne is enthusiastic to meet your team.**
   友友戴恩的每位成員都非常期待和您的團隊會面。

   【可以回答】
   Likewise. 彼此彼此。

---

cordially [`kɔrdʒəlɪ] *adv.* 誠摯地 / **annual** [`ænjʊəl] *adj.* 一年一次的 / **conference** [`kɑnfərəns] *n.* 會議 / **workshop** [`wɝkʃɑp] *n.* 研習會 / **announce** [ə`naʊns] *v.* 通報 / **enthusiastic** [ɪn͵θjuzɪ`æstɪk] *adj.* 熱烈的

2 邀請：說明時間和地點
Making an Invitation: Specifying the Time and Place

🎵 MP3 02

時間

① **The workshop will run from Monday, July 5, to Sunday, July 11.**
研討會時間將從 7 月 5 日星期一進行到 7 月 11 日星期日。

接續著說
Lunch and light refreshments will be provided for a nominal fee. 會中提供午餐和簡單的茶點，並酌收象徵性費用。

② **The committee welcomes you to join our training session this spring.**
委員會歡迎您加入我們今年春季的培訓班。

接續著說
Kindly let us know if you plan to attend by May 30. 煩請在 5 月 30 日前告知，您是否打算參加。

地點

③ **This year's event will be held at the Chunghua Convention Center.**
本年度的活動將在中華會議中心舉辦。

接續著說
Discounted accommodations will be available at the nearby W Hotel. 附近的 W 飯店將提供平價住宿。

④ **The site of the seminar is conveniently located in central Taipei.**
研討會的地點位於交通便利的台北市中心。

換句話說
The seminar will take place in downtown Taipei. 研討會將在台北市中心舉行。

時間和地點

⑤ **The conference will be held next year in Taipei from May 1 to 5.**
會議將於明年 5 月 1 日到 5 日在台北舉辦。

接續著說
Time: 9:30 a.m. to 4:30 p.m. Location: Hotel Letoh, Conference Center A. 時間：早上 9:30 到下午 4:30。地點：雷托飯店 A 會議中心。

⑥ **Our R&D team will demo the product to invited guests at our Hsinchu headquarters on July 18.**
我們的研發部 7 月 18 日將在新竹總公司為受邀來賓進行產品示範說明。

接續著說
It would be great if you could make it. 假如您能出席，那就太好了。

refreshments [rɪ`frɛʃmənts] *n.* 茶點（複數）/ **nominal** [`namənl] *adj.* 名義上的；象徵性的 / **committee** [kə`mɪtɪ] *n.* 委員會 / **session** [`sɛʃən] *n.* 講習會 / **convention** [kən`vɛnʃən] *n.* 會議 / **accommodations** [ə.kamə`deʃəns] *n.* 住宿（複數）/ **seminar** [`sɛmə.nar] *n.* 研討會 / **demo** [`dɛmo] *v.* 產品示範操作（= **demonstrate** [`dɛmən.stret]）/ **headquarters** [`hɛd`kwɔrtəz] *n.* 總公司（複數形）

🔍 *Tips*

掌握 5W，清楚傳達訊息！

美國人注重清楚明白、直接了當的表達。因此，要邀請老外參加活動時，務必將細節資訊 (who, when, where, what, why, how) 說清楚，切忌模糊不清。如果你這樣說：**"The seminar will be held next Wednesday in the afternoon."** 會讓老外心中浮現許多問號，像是：

- **What seminar?**（是什麼樣的研討會？）
- **What date?**（下週三是幾月幾號？）
- **What time?**（是下午幾點？）
- **Where is it?**（在哪裡？）

想要將資訊說得更清楚，你可以這麼說：**"The management seminar will be held on Wednesday, October 21st at 1:30 in the afternoon at Grand Hotel."**（管理研討會將於 10 月 21 日星期三下午 1 點半在格蘭德飯店舉辦。）這樣一來就能將主題、時間、地點都一一交待清楚。

MP3 03

1. **Please confirm your arrival and departure times as soon as possible.**
   請盡快確認您抵達和離開的時間。

   換句話說
   Could I trouble you to confirm your arrival and departure times at your soonest convenience? 方便的話，能不能麻煩您盡快確認一下抵達和離開的時間？

2. **You will be arriving on Wednesday, October 14 at 6:30 p.m. Correct?**
   您將會在 10 月 14 日星期三晚上六點半抵達，正確嗎？

   接續著說
   British Airways flight BA5433 via Frankfurt? 英國航空 BA5433 號班機，經法蘭克福是嗎？

3. **I just want to make sure that there are fourteen people in your group, including you.**
   我只想確定一下，您團上包括您在內，一共是十四個人。

   換句話說
   Fourteen of you will be traveling together. Is that right? 你們會有十四個人一同前來，對嗎？

4. **You mentioned you might be arriving a few days late. Is that still the case?**
   您提過可能會晚幾天到。現在是否還是如此？

   換句話說
   Will you still be arriving at the time you mentioned? 您還是會在您所提過的時間抵達嗎？

5. **Just checking to see if you and Steve Smith will still be arriving separately.**
   只想跟您確認一下，您和史帝夫‧史密斯是否仍然會分別抵達。

   換句話說
   Are you and Steve Smith still arriving separately or at the same time? 您和史帝夫‧史密斯仍然會分別還是會同時抵達？

6. **Daphne Yang emailed saying your presentation may change. Please confirm this.**
   黛芬妮‧楊寄電子郵件告知說您的簡報內容可能會更動。請確認這一點。

   換句話說
   According to Daphne Yang, your presentation will be different. Is that still the case? 黛芬妮‧楊表示，您的簡報會有所調整。情況還是如此嗎？

---

arrival [əˋraɪvl] *n.* 到達 / **departure** [dɪˋpartʃə] *n.* 出發；啟程 / **separately** [ˋsɛpərɪtlɪ] *adv.* 分別地

MP3 04

① **Please fax us a copy of your passport. The number is 886-2-2312-3535.**
請把您的護照傳真一份給我們。電話號碼是 886-2-2312-3535。

接續著說
Emailing a scanned copy as a PDF would also work quite well. 用電子郵件寄一份掃描的 PDF 檔來也十分理想。

② **Can you send me a copy of your itinerary?**
可不可以寄一份您的行程表給我？

接續著說
Fax or email would be fine. 用傳真或電子郵件都行。

③ **Please confirm how many will be in your party.**
請確認您一行人的人數。

接續著說
And, if you would, please include a list of names and passport numbers. 還有，假如可以的話，請一併附上姓名和護照號碼。

④ **Would it be possible to fax another copy of your visa? The first one was unclear.**
可不可能再傳真一次您的簽證？第一次傳的不清楚。

⑤ **Could you give me your fax number?**
您可不可以把傳真號碼給我？

換句話說
Please let me know your fax number when you have a chance. 您有空的時候，請告訴我您的傳真號碼。

⑥ **Please forward your CV or resume to us as soon as possible.**
請盡快將您的簡歷或履歷表寄給我們。

換句話說
We'll need your CV or resume at your soonest convenience. 我們需要您的簡歷或履歷表，方便的話請盡快。

itinerary [aɪˋtɪnəˌrɛrɪ] *n.* 行程表 / **unclear** [ʌnˋklɪr] *adj.* 不清楚的 / **forward** [ˋfɔrwəd] *v.* 發送；遞送 / **CV** [ˋsiˋvi] *n.* 簡歷表（**curriculum vita** [kəˋrɪk jələmˋvaɪtə] *n.* 簡歷表）

🔍 *Tips*

禮多人不怪！

既然是提出請求及要求，那麼請儘量使用禮貌性的問句來取代太過唐突的命令語氣。比方說，應避免使用 "**Send me your resume.**" 這樣的命令句或至少在句首或句尾加個 "**please**"（請）字，變成 "**Please send me your resume.**" 或 "**Send me your resume, please.**" 較為禮貌。其他常使用在 **making requests** 時的好用句型還有：

- **Could you please tell me …?**（可以麻煩你告訴我……嗎？）
- **I was wondering if you could tell me …?**（你是否可以告訴我……呢？）
- **Is it okay if I ask you …?**（我可以跟你問有關……嗎？）
- **Would it be possible to …?**（可以……嗎？）
- **Do you mind if I …?**（你介意我……嗎？）
- **If you could … that would be great.**（若你可以……那就再好也不過了。）
- **I would appreciate it if you could … please.**（你若可以……那我感激不盡。）

所謂禮多人不怪，請將這些常用的句型熟記，遇到相關情境便自然能脫口而出。

MP3 05

① **Blake Chen will greet you at the airport when you arrive March 10.**
您 3 月 10 日抵達時，布萊克‧陳會到機場迎接。

換句話說
Upon arrival on March 10, you will be greeted at the airport by Blake Chen. 您 3 月 10 日抵達時，在機場將由布萊克‧陳負責迎接。

② **I've arranged a minivan to take you from the airport to the hotel.**
我已經安排了一部小巴，會從機場把您載送到飯店。

換句話說
Transportation from the airport to the hotel has been arranged. 從機場到飯店的交通已安排妥當。

③ **There's been a slight change. You'll stay at the Hyatt the first night, then move to the Westin.**
我們做了一些更動。您頭一晚將下榻君悅酒店，之後再轉往六福皇宮。

接續著說
We apologize for the last-minute change. 對於到最後一刻才更動，我們感到很抱歉。

④ **Would it be OK if I met you at your hotel on Thursday morning at 9:30?**
星期四早上九點半我跟您在您的飯店碰面好不好？

換句話說
I'll meet you at your hotel at about 9:30 a.m. on Thursday if that's OK. 假如可以的話，我會在星期四早上九點半在您的飯店跟您碰面。

⑤ **We'd like you to give a short speech on the morning of the 6th.**
我們希望您在第六天上午做個簡短的演講。

換句話說
Could you prepare a five-minute talk for the morning of the 6th? 在第六天上午，您能不能準備一段五分鐘的演講？

⑥ **We hope you can give a brief overview presentation on Monday after you arrive.**
我們希望在您抵達之後，可以在星期一做個簡短的摘要報告。

接續著說
Nothing too detailed. About ten minutes should be fine. 不用太詳細。十分鐘左右應該就可以了。

---

minivan [ˈmɪnɪˌvæn] *n.* 小廂型車 / **slight** [slaɪt] *adj.* 輕微的 / **overview** [ˈovəˌvju] *n.* 概要；綜述

🎧 MP3 06

1 **Please send a (non-refundable) deposit of US$100 by August 28.**
請在 8 月 28 日之前匯入一百美元的訂金（不退還）。

> **換句話說**
> We will need to receive your US$100 deposit no later than August 28. 最遲在 8 月 28 日之前，我們需要收到您一百美元的訂金。

2 **Please submit payment by international money order, made payable to Yoyodyne.**
請用國際匯票付款，受款人載明為友友戴恩公司。

> **接續著說**
> Alternatively, an electronic wire transfer can be made to this account: [插入帳戶信息]. 或者您也可以用網路電匯到這個戶頭：[插入帳戶信息]。

3 **Kindly return the attached form no later than January 15.**
請於 1 月 15 日之前將附上的表格寄回來。

> **接續著說**
> Send a hard copy via traditional mail or a scanned PDF via email. Please do not fax. 可以用傳統郵遞寄列印本來，或是用電子郵件寄掃描的 PDF 檔來。請不要用傳真的。

4 **The deadline for submitting the information is Friday, April 8.**
繳交資料的期限是 4 月 8 日星期五。

> **接續著說**
> Late submissions may not be processed. 遲交可能無法受理。

5 **Cab fare from the airport to our office will be about NT$1,000. Give the driver the address below.**
從機場到我們公司的計程車資大約是新台幣一千元。將下列地址交給司機。

> **接續著說**
> Remember to get a receipt from the driver so that we can reimburse you. 記得向司機索取收據，這樣我們才能退款給您。

6 **Please click on the link below to see a printable map of the campus and surrounding area.**
請點擊下方連結網址，您會看到有校區和附近一帶的地圖可供列印。

> **接續著說**
> Or copy and paste this address [插入地址] into the search field of Google Maps. 或將此地址複製並貼入 Google Maps 的搜尋位置。

non-refundable [ˌnɑnrɪˋfʌndəbl] *adj.* 不可退費的 / **deposit** [dɪˋpɑzɪt] *n.* 訂金；押金 / **submit** [səbˋmɪt] *v.* 繳交；送出 / **payable** [ˋpeəbl] *adj.* 可支付的 / **alternatively** [ɔlˋtɜnətɪvlɪ] *adv.*（二者）任選其一地 / **hard copy** [ˋhɑrd͵kɑpɪ] *n.* 列印文件 / **reimburse** [ˌriɪmˋbɜs] *v.* 償還；歸還 / **surrounding** [səˋraʊndɪŋ] *adj.* 周遭的

Tips

付款方式常用字補給！

除上述所提到後續的付款方式外，還有一般常用且方便客戶選擇使用的 **payment methods**（付款方式）：

- **Credit card** 信用卡
- **Cash** 現金
- **Traveler's check** 旅行支票
- **Bank transfer** 銀行轉帳
- **Money order** 匯票
- **Prepaid card** 預付卡
- **Internet banking** 網路線上付款
- **Debit card** 簽帳卡（直接從帳戶中扣除款項）

Section 2
任務開始

Part
2

接機與協助下榻

🔘 MP3 07

1　**Excuse me. Are you Ms. Smith?**

對不起，請問您是史密斯女士嗎？

> 換句話說
> Ms. Smith? 是史密斯女士嗎？

2　**Hi there. Would you be Ms. Smith from Yoyodyne?**

您好，請問您是不是友友戴恩公司的史密斯女士？

> 換句話說
> Ms. Smith from Yoyodyne? 是友友戴恩公司的史密斯女士嗎？

3　**Pardon me. You don't happen to be Cynthia Smith, by any chance?**

對不起。您該不會碰巧就是辛西亞 · 史密斯吧？

> 換句話說
> Hello. Cynthia Smith? 哈囉。是辛西亞 · 史密斯嗎？

4　**Hello. I'm looking for Ms. Cynthia Smith from Everglade Consulting.**

哈囉！我在找埃佛格萊德顧問公司的辛西亞 · 史密斯女士。

> 換句話說
> Hi. I'm trying to find Cynthia Smith from Everglade Consulting. 嗨，我想找埃佛格萊德顧問公司的辛西亞 · 史密斯。

5　**I'm here to meet a group from Everglade Consulting. Are you with them?**

我來這裡迎接來自埃佛格萊德顧問公司的一行人。您和他們是不是一道的？

> 換句話說
> Are you with the group from Everglade Consulting? 您跟埃佛格萊德顧問公司的一行人是一道來的嗎？

6　**Excuse me. Would you happen to be with the Polish group?**

對不起，您會不會碰巧就是跟波蘭的一行人一起的？

> 換句話說
> Pardon me. Any chance you are with the group from Poland? 對不起，您會不會恰好就是跟波蘭的一行人一道來的？

7　**Hello! Mr. Smith!**

哈囉！史密斯先生！

> 接續著說
> Mr. John Smith? 是約翰 · 史密斯先生嗎？

▌ **by any chance** 碰巧 / **happen to be** 碰巧是⋯⋯

⑧ Mr. Smith. Over here!

史密斯先生。我在這邊！

接續著說
Look to your left. 往您的左邊看。

---

⑨ Mr. Smith. This way please.

史密斯先生，請走這邊。

換句話說
Follow me this way, Mr. Smith.
跟著我往這邊走，史密斯先生。

---

⑩ You must be Mr. Smith.

您一定就是史密斯先生。

換句話說
Mister Smith, I presume. 史密斯
先生，我想您就是。

---

⑪ Mr. Smith. I'm Edward Yang. We spoke on the phone.

史密斯先生，我是愛德華 · 楊。我們通過電話。

接續著說
I'm the project lead. 我就是專案組
長。

---

⑫ Mr. Smith. It's nice to finally meet you in person. I'm Edward Yang.

史密斯先生，真高興終於見到您本人。我是愛德華 · 楊。

可以回答
The pleasure is all mine. 幸會之
至。

---

presume [prɪˋzum] *v.* 認為；推測 / **project** [ˋprɑdʒɛkt] *n.* 企劃（案）/ **lead** [lid] *n.* 領頭者；主角 / **in person** 親自；與人面對面

1 **Welcome to Taiwan.**
歡迎到台灣來。

接續著說

In Chinese, we say, Taipei huanying nin. 用中文來說就是，台北歡迎您。

2 **Hello, Mr. Smith. Welcome to Taipei. I'm Kate Yang.**
哈囉，史密斯先生，歡迎到台北來。我是凱特 · 楊。

換句話說

I'm so glad you could make it to Taipei, Mr. Smith. My name is Kate Yang. 十分高興您能來到台北，史密斯先生。我的名字是凱特·楊。

3 **Here's my card.**
這是我的名片。

接續著說

Please give me a call if you need anything during your stay. 在您來訪期間，假如有任何需要，請打個電話給我。

4 **Let me help you with your bag.**
我來幫您提袋子。

換句話說

Allow me. [拿客人的行李] Let's get a luggage cart. 讓我來。我們去找個行李推車。

5 **We have a car waiting outside.**
我們有部車在外面等候。

換句話說

There is a car waiting for us right outside. 有輛車正在外面等我們。

6 **Please come with me.**
請跟我來。

接續著說

Right this way. 這邊請。

等候

7 Sorry for keeping you waiting.

抱歉讓您等候多時。

接續著說

Please accept my apologies. 請容我致歉。

8 I'm sorry. I was waiting at the wrong exit.

抱歉，我剛跑錯出口等候。

換句話說

I'm sorry. I wasn't sure which exit you would be coming out of. 抱歉，我不太確定您會從哪個出口出來。

9 I hope you haven't been waiting long.

希望我沒讓您等很久。

接續著說

I'm very sorry for making you wait. 非常抱歉讓您久等了。

班機

10 How long was your flight?

您這趟飛機坐了多久？

接續著說

How long was your layover in Narita? 您在成田機場停了多久？

11 I hope you had a comfortable flight.

希望這趟飛行您旅途舒適。

換句話說

Were you able to get a little work done during the flight? 您在飛行途中有沒有辦法多少完成一點工作？

12 I'm sorry to hear you had such a bad flight.

聽到您這趟飛行旅途如此不順利，我覺得很遺憾。

接續著說

At least the airline didn't loose your luggage. That happened to me last time. 起碼航空公司沒有搞丟您的行李。我上次就遇到了。

---

exit [ˋɛgzɪt] *n.* 出口 / **comfortable** [ˋkʌmfətəbl] *adj.* 舒適的

13 **Is there anything I can get for you?**

我可以幫您拿點什麼嗎？

Something to eat or drink? 要不要來點吃的還是喝的？

14 **I brought some water. Would you like some?**

我帶了一些水。您想不想喝點水？

Here. Have a bottle of water. [給客人一瓶水] It's best to stick with bottled water here. 來，來瓶水。在這裡最好只喝瓶裝水。

15 **Would you care for something to drink?**

您要不要喝點什麼？

We could go check out the food court or stop somewhere on the way to the hotel. 我們可以去美食廣場看看，或是在去飯店的路上再找個地方。

16 **Would you like to sit down and rest for a few minutes?**

您要不要坐下來休息幾分鐘？

There are some couches right over here. 這裡就有一些沙發。

17 **Do you have a coat? It's pretty cold outside.**

您有外套嗎？外面變冷的。

If you don't, I have a jacket here you could borrow. 假如沒有的話，我這裡有一件夾克可以借您穿。

18 **Paul will take care of your luggage.**

保羅會處理您的行李。

Let me help you with that. [拿另個行李或包] 我幫您拿那個。

---

stick with 堅持；不改變 / **Would you care for …?** 你想要……嗎？ / **check out** 看看 / **food court** [`fud.kort] *n.* 美食街（廣場）/ **couch** [kautʃ] *n.* 長沙發 / **take care of** 照顧；負責；處理

Q **Tips**

給老外的第一印象！

與人初次見面時，除了口語表達清晰、將自己的姓名和職稱介紹好之外，肢體的動作也會顯示出個人的人格特質。想在初次見面留給對方一個好印象，肢體動作一定要表現得體，比方說：

- 跟老美握手要穩穩地一握、堅定有力。若手部放軟無力，則會顯得沒有誠意。
- 說話時目光要直視對方的眼睛。若眼神飄忽、躲躲藏藏，老美會懷疑你可能是個不老實的人或是有什麼祕密陰謀。
- 還有「坐有坐相，站有站相」也許是老掉牙的提醒，但若真的在交談時，坐得彎腰駝背、頻頻抖腳，會給人無法信賴、不可靠的感覺。

MP3 09

1. **Ms. Smith, I'd like you to meet Paul Liu. Paul, this is Cynthia Smith.**

   史密斯女士，這位是保羅・劉先生。保羅，這位是辛西亞・史密斯。

   可以回答
   Pleased to meet you, Paul. 很高興認識你，保羅。

2. **Ms. Smith is visiting us from London. She's with Yoyodyne.**

   史密斯女士從倫敦來訪。她在友友戴恩公司服務。

   換句話說
   Ms. Smith is with Yoyodyne in London. 史密斯女士在倫敦的友友戴恩公司服務。

3. **Paul will be your** point of contact **during your stay.**

   保羅將是您在停留這段期間的聯絡人。

   接續著說
   You can contact him twenty-four hours a day for anything you need. 如果您有任何需要，一天二十四小時都可以跟他聯絡。

4. **Cynthia, it's so nice to see you again.**

   辛西亞，很高興再見到您。

   接續著說
   How have you been? 你好嗎？

5. **Paul, I believe you already know Cynthia.**

   保羅，我相信你已經認識辛西亞了。

   可以回答
   Yes, I do. We met during regional training last year. 是的，我認識。我們去年在地區訓練時就見過面。

6. **Cynthia, you remember Paul from the last trade show?**

   辛西亞，您還記得上次在商品展時見過的保羅嗎？

   可以回答
   I certainly do. Great to see you again, Paul. 我當然記得。真高興又見面了，保羅。

point of contact [pɔɪntʌvˋkɑntækt] *n.* 聯絡人

⑦ **Mr. Smith has a master's degree in mechanical engineering from San Diego State.**
史密斯先生擁有聖地牙哥大學的機械工程碩士學位。

接續著說
He's been a managing engineer at Yoyodyne since 2009. 自 2009 年起，他就在友友戴恩公司擔任管理工程師。

⑧ **Please just call me Colin.**
請叫我柯林就行了。

換句話說
Colin's fine. 叫柯林就行了。

⑨ **Mr. Smith is the project manager for his side.**
史密斯先生是他那一方的專案經理。

接續著說
You two will be working together closely for the next few days. 在未來幾天，你們兩位會有很密切的合作。

⑩ **Mr. Smith, this is my manager, Ms. Wang.**
史密斯先生，這是我的經理王女士。

換句話說
Mr. Smith, meet Ms. Wang. Ms. Wang is my manager. 史密斯先生，這位是王女士。王女士是我的經理。

⑪ **Ms. Wang is the head of the department and director of the program.**
王女士是這個部門的主任，也是這項計劃的負責人。

接續著說
She prefers to speak Chinese, so I'll be translating for her. 她比較喜歡說中文，所以我會幫她翻譯。

⑫ **Ms. Wang is our chief engineer on the project.**
王女士是我們這個專案的總工程師。

換句話說
This is our chief engineer on the project, Ms. Wang. 這位是我們這個專案的總工程師，王女士。

---

program [`progræm] *n.* 計劃；節目；程式 / **translate** [træns`let] *v.* 翻譯

「引見他人」這麼説！

常看外國電視影集或電影就會發現，老外不管是在商務場合或是一般派對聚會中，都很樂於與不認識的人寒暄、談話。若想認識某人，也會請他人引見。以下是常用來引見他人的介紹句型：

- **I'd like you to meet [someone]. This is [someone.]**（讓我介紹 [某人]。這位是 [某人]。）

另外，經介紹後，可以接的話有：

- **Nice to meet you!**（很高興認識您！）
- **It's my pleasure to meet you.**（認識您是我的榮幸。）
- **How do you do.**（您好。）
- **Hi, how are you.**（嗨！您好。）
- **I've heard so much about you.**（我聽過很多關於您的事。）

10 解決問題
Problem Solving

行李問題

[1] **Let me talk to the airline about your luggage.**

我去跟航空公司談談，看您的行李怎麼處理。

> **接續著說**
> Can you give me your baggage claim ticket? 可以把您的行李提領條給我嗎？

[2] **Your bag will be delivered to your hotel later tonight.**

您的行李袋今天晚上稍晚會送到您下榻的飯店。

> **接續著說**
> If there is something inside you need before then, we can take you shopping. 假如在此之前，您需要裡面的東西，我們可以帶您去買。

生病

[3] **We could stop by a pharmacy on the way to the hotel.**

去飯店途中我們可以順便到一家藥局。

> **接續著說**
> They have all kinds of over-the-counter and prescription medication available. 他們有賣各式各樣的成藥和處方藥。

[4] **Let me take you to see a doctor.**

我帶您去看醫生。

> **換句話說**
> I think it might be a good idea if you see a doctor. I'll take you and translate. 我想您去看個醫生可能會是個好主意。我會帶您去，並負責翻譯。

兌換錢幣

[5] **Would you like to exchange some money?**

您想要兌換一些錢嗎？

> **接續著說**
> About NT$5,000 should be enough for a few days. 新台幣 5,000 元左右應該就夠用個幾天了。

[6] **The exchange rate at the airport is about the same as at the hotel.**

機場的兌換匯率和飯店的大致相同。

> **接續著說**
> You can exchange a little now and some more later when you need it. 您可以現在換一點，等之後需要的時候再多換一些。

---

claim ticket [ˋklem͵tɪkɪt] *n.* 提領條 / **deliver** [dɪˋlɪvə] *v.* 遞送 / **pharmacy** [ˋfɑrməsɪ] *n.* 藥局 / **over-the-counter** [ovəðəˋkaʊntə] *adj.* 非處方的（成藥）/ **prescription** [prɪˋskrɪpʃən] *n.* 處方 / **available** [əˋveləbl] *adj.* 可獲得的 / **exchange** [ɪksˋtʃendʒ] *v.* 交換；兌換 / **rate** [ret] *n.* 比率；價錢；費用

7 **Someone in your group is missing? I'll have him / her paged.**

您團上有人走失了？我來用廣播找他 / 她。

Could you spell his / her name for me? 您能不能把他 / 她的名字拼給我聽？

8 **Someone in your party is still in immigration? What's his / her name?**

你們這一團還有人在入境管理處？他 / 她叫什麼名字？

I'll go figure out what's going on. 我去了解一下是怎麼回事。

9 **One of your colleagues has lost a laptop? What kind was it?**

您有個同事遺失了筆記型電腦？是哪一種的？

Was it in his / her checked baggage or in his / her carry-on? 是放在他 / 她的託運行李中還是隨身行李內？

10 **Did you leave it on the plane or lose it in the terminal?**

您的東西是遺忘在飛機上，還是掉在航站裡？

Let's try to retrace your steps from the gate. 我們試著循您的原路走回出口看看。

11 **Would you like to rent a cell phone to use while you're in Taipei?**

您在台北這段期間要不要租一支手機用？

Actually, I have a phone I'm not using. We can get a pre-paid SIM card for it at 7-ELEVEN. 事實上我有一支沒有在用的手機。我們可以去統一超商買張預付的 SIM 卡

12 **If you'd like to make a call, you're welcome to use my phone.**

如果您需要打電話，可以使用我的手機。

When we get to the office, I'll see if there is a mobile phone you can use. 等我們到了辦公室，我會看看有沒有行動電話可以讓您使用。

---

page [pedʒ] *v.* 廣播呼叫（找）某人 / **immigration** [ˌɪmə`greʃən] *n.* 入境管理（檢查）/ **laptop** [`læptɑp] *n.* 膝上型輕便電腦 / **terminal** [`tɜmənl] *n.* 機場航站 / **retrace** [rɪ`tres] *v.* 順原路返回

Q *Tips*

職場必通技巧！

現在不管在哪個產業，市場競爭都非常激烈。因此，無論是在服務客戶或是為客戶解決問題時都要盡心盡力，而其中，最忌推拖與找藉口搪塞。筆者在外商工作期間，一位美國老闆時時提醒我們 **"No excuses please."**（不要有任何藉口。）和 **"Don't pass the buck around."**（不要踢皮球。）相反地，要 **"Find solutions and take actions."**（尋找解決辦法並實際行動。）

上述所列出的解決問題句子都非常實用，除了熟記之外，也不難看出其中的固定模式（**pattern**），也就是針對以下幾個問題點切入，然後找出問題的根本原因（**root cause**）：

- **What?**（發生了什麼事？）
- **Where?**（在哪裡發生的？）
- **When?**（何時發生的？）
- **Who?**（有誰受到影響？）
- **Why?**（起因為何？）
- **How?**（如何解決？）

了解問題始末之後，可以提出幾個適當的解決辦法（**alternatives**）給客戶選擇，以示出積極幫忙的態度。

公車

1 The bus will take us **right** to the hotel.

這輛巴士會直接載我們去飯店。

換句話說
We'll be taking a shuttle bus that goes directly to the hotel. 我們將會搭接駁巴士直接去飯店。

2 Wait here for just a minute. I'm going to buy our bus tickets.

在這裡等一下。我去買我們的巴士車票。

接續著說
The busses leave every ten minutes or so. 巴士每隔 10 分鐘左右發車。

計程車

3 We'll be taking a taxi, Ms. Smith.

史密斯女士,我們將會搭計程車。

換句話說
Ms. Smith, we're going to take a cab. 史密斯女士,我們要搭的是計程車。

4 We'll put your luggage in the **trunk**.

我們會把您的行李放在行李箱內。

可以回答
OK. Thank you. I'll take this with me in the car. [指著隨身行李] 好的,謝謝。這個我就隨身帶在車內。

汽車

5 There's a car waiting at the **curb**, Mr. Smith.

史密斯先生,有輛車在路緣等候。

換句話說
I've arranged a car for us. It's waiting right outside. 我把我們要搭的車安排好了。它就在外面等著。

6 My car is in the **parking lot**.

我的車在停車場。

接續著說
We can walk over together if you're up for it. Otherwise, I'll have you wait here, and I'll pick you up in a few minutes. 假如您願意的話,我們可以一起走過去。要不然您就在這裡等,我幾分鐘後來接您。

---

right [raɪt] *adv.* 直接地 / **trunk** [trʌŋk] *n.* 汽車車後的行李箱 / **curb** [kɝb] *n.* 路緣;人行道旁的砌石邊 /
parking lot [ˋparkɪŋˏlat] *n.* 停車場

🔍 *Tips*

交通工具常用字補給！

接待外國廠商、賓客時，除了親自開車去機場接機外，幫他們安排其他交通工具的機會也很大。常見的交通工具除了有 **"bus"**（公車）、**"subway"**（地鐵）、**"train"**（火車）等，另外還有可能使用到：

- **motorcoach**　遊覽車
- **shuttle bus**　接駁車
- **limousine**　長型禮車，豪華轎車
- **rapid transit**　捷運
- **taxicab**　計程車
- **trolleybus**　電車
- **railway**　輕軌鐵路
- **ferry**　渡輪

幫對方安排好進城的交通工具之後，還要記得將 **when**（接駁時間）、**where**（等待地點）、**what**（搭乘哪一線）、**how**（如何前往等候站）、**how much**（車資多少）、**which**（哪一站下車）等資訊也一併清楚地告知！

MP3 12

---

1 **It'll take us about thirty minutes to get to the hotel.**

我們到飯店大約要半小時。

換句話說

We'll be at the hotel in about half an hour. 我們大概半小時會到飯店。

---

2 **The airport is about forty kilometers from downtown.**

機場離市中心大約是四十公里。

接續著說

They're building a MRT line to the airport, but I'm not sure it will be much faster than a car. 他們正在蓋機場捷運線，可是我不確定它會比開車快多少。

---

3 **We'll probably hit some traffic once we get into the city.**

我們一旦進入市區就可能會碰到塞車。

換句話說

We might hit some traffic once we enter the city. 等我們進入市區時，可能會碰到塞車。

---

4 **At this time of day there shouldn't be any traffic.**

一天的這個時候應該不會塞車。

接續著說

But during rush hour, forget about it. 可是到了尖峰時段就別提了。

---

5 **Actually, the traffic situation is much better now than it was a few years ago.**

事實上，現在的交通狀況和幾年前比起來要好很多。

接續著說

With all the cars and scooters sharing the road, its like orderly chaos. 儘管路上全都是汽車和摩托車，還算是亂中有序。

---

6 **Be careful crossing the streets. We've got some crazy drivers here.**

過馬路的時候請小心。我們這裡有一些瘋狂的駕駛人。

接續著說

But don't worry. Just use common sense and you'll be all right. 不過別擔心，只要運用常識就沒問題。

---

hit [hɪt] v.【口語】遇到；碰到 / **once** [wʌns] conj. 一旦 / **scooter** [`skutɚ] n. 速克達機車

13 在飯店：抵達和投宿
At the Hotel: Arriving and Checking In

🎵 MP3 **13**

① **Here we are.**
我們到了。

換句話說
We're here. 我們到了。

② **I'll take care of your luggage.**
我會處理您的行李。

接續著說
Make sure you haven't left anything in the car. 確定一下您沒有留下任何東西在車上。

③ **Let me help you check in.**
我來幫您辦理入宿。

接續著說
Can I have your passport? 可以跟您要一下護照嗎？

④ **You're going to need to fill out this form.**
您必須填妥這張表格。

接續著說
Would you like an extra room key? 您需要額外的房間鑰匙嗎？

⑤ **They need your passport and a credit card.**
他們需要您的護照和信用卡。

接續著說
They won't charge your card until you check out. 在您退宿之前，他們不會刷您的卡。

⑥ **Please sign your name here.**
請在這裡簽上您的名字。

換句話說
They need your signature here. 他們需要您在這裡簽名。

fill out 填寫 / **sign** [saɪn] *v.* 簽名 / **signature** [ˋsɪgnətʃə] *n.* 簽名

⊚ MP3 14

設施

1 **There is a complimentary breakfast from 7:00 until 10:30.**
七點到十點半有免費的早餐。

接續著說
Here are the breakfast coupons.
這是早餐券。

2 **Your room has wireless Internet access.**
您的房間可以無線上網。

接續著說
You can print documents in the business center. 您可以去商務中心列印文件。

3 **The laundry room is in the basement.**
洗衣間在地下室。

接續著說
It's probably easier to just have housekeeping deal with it. 直接請房務人員來處理大概會比較容易。

運籌

4 **If you need anything, just call me.**
如果您需要任何東西，儘管打電話給我。

接續著說
I'll call your room at 10:30 tomorrow morning. 明天早上十點半時，我會打電話到您的房間。

5 **This card has the hotel address. Use it if you're lost or take a taxi.**
這張卡片上有飯店的地址。如果您迷路了，或要搭計程車時都可使用。

接續著說
I've also written my name and cell number on it. 我在上面也寫了我的姓名和手機號碼。

6 **We've got a big day tomorrow. You'd better get some rest.**
我們明天會非常忙碌。您最好休息一下。

接續著說
I'll let you do your thing. See you later. 我就讓您自便了。回頭見。

---

complimentary [ˌkɑmpləˋmɛntərɪ] *adj.* 免費的 / **coupon** [ˋkupɑn] *n.* 優待券；折價券 / **laundry room** [ˋlɔndrɪˌrum] *n.* 洗衣間 / **housekeeping** [ˋhaʊsˌkipɪŋ] *n.* （旅館的）清潔部門

1 **What time will you be ready to meet tomorrow? Is 10:30 too early?**

您明天早上什麼時候可以碰面？十點半會不會太早？

換句話說
Would you be able to meet tomorrow morning at about 10:30? 您可不可以在明天早上十點半左右碰面？

---

2 **If you'd like me to come a little later, that's no problem.**

如果您希望我晚一點來，沒問題。

換句話說
I can give you a little more time if you need it. It's not a problem. 假如您需要的話，我可以多給您一點時間。這不成問題。

---

3 **I'll meet you in the lobby at 10:30 then.**

我十點半在大廳和您碰面。

換句話說
In that case, let's make it half past ten. 那樣的話，我們就約十點半吧。

---

4 **Your presentation is scheduled for 2:15.**

您做簡報的時間安排在兩點十五分。

接續著說
We'll need to leave the office by 1:30 to get there in time. 我們要在一點半之前離開辦公室，才來得及到那裡。

---

5 **Our flight to Kaohsiung leaves at 5:30, so we'll have to leave the office by 4:00.**

我們到高雄的班機五點半起飛，所以我們四點就必須離開辦公室。

換句話說
The train to Kaohsiung departs at half past five, so I'll pick you up in the lobby at four o'clock sharp. 開往高雄的火車五點半出發，所以我會在四點整去大廳接您。

---

6 **We'll have dinner with the technology people at 6:30 or 7:00.**

我們六點半或七點將和技術部門的人吃晚餐。

接續著說
I'll confirm the time with you as soon as I can. 我會盡快跟您確認時間。

---

lobby [ˋlɑbɪ] *n.* （飯店、旅館等的）大廳 / **schedule** [ˋskɛdʒʊl] *v.* 排定；把……安排在 / **confirm** [kənˋfɝm] *v.* 確認

🔘 MP3 **16**

1. **We'd like you to give a short talk to the IT department on Monday.**
我們希望您星期一能到資訊科技部門做個簡短的演講。

接續著說

We have the conference call scheduled for that day as well.
我們那天還要開預定的電話會議。

2. **Our flight departs at 9:30 Tuesday morning.**
我們的班機在星期二早上九點半出發。

接續著說

We'll get to Shenzhen in time for lunch with the staff there. 我們會來得及到深圳和那裡的員工共進午餐。

3. **They're expecting us at the factory sometime Wednesday afternoon.**
他們星期三下午會在工廠等候我們。

接續著說

We'll have to finish up that PowerPoint in the morning before we go out there. 在去那裡之前，我們必須在早上把那份 PowerPoint 給做完。

4. **We don't have anything scheduled for Thursday, so we can squeeze in some sightseeing if you'd like.**
我們星期四沒有安排任何行程，所以如果您要的話，我們可以把觀光的行程擠進去。

接續著說

Or you can just do your own thing. Whatever you'd like to do is fine by me. 或者您可以就做自己的事。不管您想做什麼，我都沒意見。

5. **The CEO would like to invite you to dinner Friday evening.**
執行長想邀請您星期五晚上一起吃晚餐。

接續著說

After that, we'll go out for a few drinks. 結束後，我們出去喝個幾杯。

6. **I'd be happy to show you around town on Saturday before your flight.**
星期六在您搭飛機之前，我很樂意帶您到市區逛逛。

換句話說

There will be time for some last-minute shopping before your flight on Saturday. 在您星期六搭機前，會有一些時間可以做最後的購物。

IT (Information Technology) **department** *n.* 資訊科技部門 / **conference call** *n.* 電話會議 / **staff** [stæf] *n.* 員工；全體職員 / **factory** [ˋfæktərɪ] *n.* 工廠 / **squeeze** [skwiz] *v.* 擠；壓 / **CEO** (chief executive officer) 執行長 / **last-minute** [ˋlæstˋmɪnɪt] *adj.* 最後一刻的

Part 3

公事陪同

1 How do you do. I'm George. Welcome to Taipei.

您好，久仰大名。我是喬治。歡迎來到台北。

> 換句話說
> You must be Mr. Jones. Nice to meet you. I'm George. 您一定就是瓊斯先生。很高興見到您。我是喬治。

2 Did you have a good trip?

您旅途順利嗎？

> 換句話說
> How was your journey? 一路上還好嗎？

3 May I take your coat?

我可以幫您拿外套嗎？

> 接續著說
> Do you need some help with luggage? 需要我幫您拿行李嗎？

4 Let me give you my business card.

這是我的名片。

> 可以回答
> Sorry, but I don't have a card on me right now. 不好意思，我的名片剛好沒帶在身上。

5 May I introduce you to our General Manager?

我介紹您跟我們總經理認識，好嗎？

> 接續著說
> Mr. Jones, this is our General Manager, Ms. Chen. 瓊斯先生，這位是我們總經理，陳小姐。

6 I hope you have a chance to look around Taipei before you fly back to Chicago.

希望您在回芝加哥之前有機會可以好好地逛一逛台北。

> 接續著說
> Is this your first visit to Taipei? 這是您初次來到台北嗎？

business card *n.* 名片 / **general manager**（GM）總經理 / **look around** 四處看看，逛一逛

18 公司簡介
Company Overview

1 Yoyodyne was established in 1961 by Charles Chang.

友友戴恩成立於 1961 年，創辦人是查爾士・張。

> **換句話說**
> Charles Chang started Yoyodyne in 1961. 查爾士・張在 1961 年創立了友友戴恩。

2 Originally, the company made transistors and other small electronics.

最初，本公司製造的是電晶體和其他小型電子產品。

> **換句話說**
> The company got its start by manufacturing transistors and other electronic components. 本公司一開始製造的是電晶體和其他電子零組件。

3 In the 1970s we diversified into chemicals and heavy machinery.

在 1970 年期間，我們往多元化方面發展，生產化學產品和重機械。

> **換句話說**
> During the 1970s, we got into the chemical and heavy machinery businesses. 在 1970 年代期間，我們切入了化學和重機械業。

4 We opened our first overseas manufacturing plant in 1981.

我們在 1981 年成立第一家海外製造廠。

> **換句話說**
> Our first factory outside of Taiwan was opened in 1981. 我們在台灣境外的第一座工廠是在 1981 年成立。

5 We acquired Dynamix in 1997 and opened our London office in 2006.

我們在 1997 年取得迪納米克斯，並於 2006 年在倫敦成立分公司。

> **換句話說**
> The merger with Dynamix happened in 97, and the London office opened in 2006. 跟迪納米克斯的合併發生在 97 年，倫敦分公司則在 2006 年成立。

6 Today we're one of the largest producers of computer peripherals in the world.

今日我們是全世界電腦週邊設備產品最大的製造廠商之一。

> **接續著說**
> We control over 15% of the global market. 我們控制了超越 15% 的全球市場。

---

establish [əˋstæblɪʃ] v. 建立；創立 / **originally** [əˋrɪdʒənlɪ] adj. 最初的；原本的 / **transistor** [trænˋzɪstɚ] n. 電晶體 / **manufacture** [ˏmænjʊˋfæktʃɚ] v. 生產；製造 / **diversify** [daɪˋvɝsəˏfaɪ] v. 使多樣化（如增加產品種類）/ **chemical** [ˋkɛmɪkl] n. / adj. 化學製品；化學的 / **machinery** [məˋʃinərɪ] n.【集合詞】機械；機器 / **overseas** [ˋovɚˋsiz] adj. 海外的 / **acquire** [əˋkwaɪr] v. 獲得 / **merger** [ˋmɝdʒɚ] n. 合併 / **peripheral** [pəˋrɪfərəl] n. 電腦的週邊設備 / **global market** n. 全球市場

公司簡介必通技巧

拜訪客戶時常會以介紹自己的公司為開場，根據筆者的經驗，拜訪者通常在比較自己公司與同業競爭對手的時候，就會開始批評競爭公司、數落競品、嫌棄價格不合理……等。在英美商務人士看來，這不是高明的手段。與其花時間批評競爭對手，還不如多花時間闡明自己公司的優點與產品的賣點。如果被客戶問到與競爭對手有何不同時，多花些精力向客戶解釋，使用自己公司產品之後可擁有的 benefits（益處），與可以享受到的 first-rate services（一流服務）吧！至於競爭對手的缺點，簡單帶過即可。

19 設施導覽
Facility Tour

MP3 19

---

1 **You're going to need to wear a hard hat and safety goggles. Put these on.**
您必須戴上安全帽和護目鏡。請戴上吧。

換句話說
Please put these on over your clothes before we enter the clean room. 在我們進入無塵室前，請把這個套在您的衣服外面。

---

2 **This facility was built five years ago and contains state-of-the-art equipment.**
這個廠房是五年前建造的，它擁有最先進的裝置。

接續著說
It has an area of about 1,800 square meters. 它占地約 1,800 平方公尺。

---

3 **Most of the equipment you see was imported from Germany.**
您眼前看到的大部分設備都是從德國進口的。

換句話說
The equipment in this area was brought in from Germany. 本區的設備是從德國買來的。

---

4 **That's about all there is to see here. Let's move on to the next area.**
這裡能看的差不多都看完了。我們移到下一區吧。

換句話說
Now we're ready to see the main assembly line. 現在我們準備去看主要的組裝線。

---

5 **This is where we package the product.**
這裡是我們的產品包裝區。

接續著說
Quality control also works in this area. 品管也是在本區進行。

---

6 **We can produce over 3,000 units a day when we're fully staffed.**
如果人員備齊，我們每天可以製造超過三千個。

換句話說
Our production capacity is 3,000 units per day. 我們的產能是每天三千個。

---

hard hat *n.* 安全帽 / **goggles** [ˋɡɑɡlz] *n.* 護目鏡（複數形）/ **state-of-the-art** [ˋstetəvðɪˋɑrt] *adj.* 最先進的 / **area** [ˋɛrɪə] *n.* 面積；區域 / **import** [ɪmˋport] *v.* 進口 / **assembly line** *n.* 組裝線 / **package** [ˋpækɪdʒ] *v.* 包裝 / **quality control** *n.* 品管 / **unit** [ˋjunɪt] *n.* 單位；部門；組件 / **staff** [stæf] *v.* 給⋯⋯配備職員 / **production capacity** *n.* 產能

[7] **Currently we have over two hundred fifty people working here.**

目前我們有超過兩百五十個員工在這裡工作。

換句話說

At present, there are more than two hundred fifty staff employed here. 目前這裡雇用了超過兩百五十個人員。

---

[8] **There is a cafeteria on-site. We'll be going there for refreshments.**

場區就有自助餐廳。我們將會到那裡去用點心。

換句話說

We have a dining facility on the premises. We'll be stopping in for a quick bite shortly. 我們在廠區就設有食堂。我們等下就會去那裡吃個便飯。

---

[9] **This concludes our tour. We hope you have enjoyed it.**

我們的參觀到這裡結束，希望您喜歡。

換句話說

And that brings us to the end of the tour. Any final questions? 我們的參觀到此結束。最後還有什麼要問的嗎？

---

employ [ɪmˈplɔɪ] *v.* 僱用 / **cafeteria** [ˌkæfəˈtɪrɪə] *n.* 自助餐廳 / **on-site** [ˈɑnˌsaɪt] *adj.* 在原場所的 / **refreshments** [rɪˈfrɛʃmənts] *n.* 茶點（常用複數形）/ **premises** [ˈprɛmɪsɪz] *n.* 建築物及周圍所屬土地（複數）/ **conclude** [kənˈklud] *v.* 結束

20 簡報：事前準備
Presentations: Preparations

🎧 MP3 20

☐1 **This room has a laptop with Internet access, a projector, and a white board.**
這個房間有一台可上網的筆記型電腦、一個投影機和一面白板。

可以回答
I'd like to use my own notebook. How do I hook up to the Internet and projector? 我想用自己的筆電。我要怎麼連上網路和投影機？

☐2 **Will you need any special equipment or assistance with your presentation?**
您做簡報時需要其他的設備或協助嗎？

可以回答
I will need some help, yes. I am technologically challenged. 要，我需要一些幫忙。我對科技的東西不太行。

☐3 **Could you make a list of the stuff you'll need?**
您可不可以將需要的東西列出清單？

接續著說
I can have one of the interns get it ready for you. 我可以找一位實習生來幫您準備。

☐4 **I've made copies of your handouts. Is there anything else I can help you with?**
我已經將您的講義影印好了。還需要我幫什麼忙嗎？

可以回答
No. That'll do it. Thank you very much. / Yeah. I have a couple of PowerPoint slides I need help with. 不用，這樣就行了。非常感謝。／要，我有幾張 PowerPoint 的投影片需要幫忙。

☐5 **Could you give me a short biography? I'm going to say a few words to introduce you.**
您可不可以給我一份簡短的自傳？我將講幾句話介紹您。

接續著說
Email would be great, but a hard copy would also work. 電子郵件就行了，但是列印出來也可以。

☐6 **You'll go on right after Mr. Yang, the CTO.**
您將緊接著在技術總監楊先生後面報告。

換句話說
You're up after Mr. Yang. 您就接在楊先生後面。

---

access [ˈæksɛs] *n.* 接近；取得 / **notebook** [ˈnotˌbʊk] *n.* 筆記型電腦 / **projector** [prəˈdʒɛktɚ] *n.* 投影機 / **assistance** [əˈsɪstəns] *n.* 協助 / **technologically** [ˌtɛknəˈlɑdʒɪklɪ] *adv.* 在科技方面 / **challenged** [ˈtʃælɪndʒd] *adj.* 有障礙的 / **intern** [ˈɪntɚn] *n.* 實習生 / **handout** [ˈhændˌaʊt] *n.* 講義；傳單 / **biography** [baɪˈɑgrəfɪ] *n.* 傳記 / **CTO** (Chief Technical Officer) *n.* 技術總監

介紹

1 **I'd like to thank Mr. Smith for coming all the way from Dublin to be here with us today.**
今天我要感謝史密斯先生大老遠從都柏林來到我們這裡。

換句話說

My sincere thanks to Mr. Smith for making the trip out from Dublin to attend this meeting. 我要衷心感謝史密斯先生從都柏林遠道而來參加這場會議。

2 **It's truly an honor to have Mr. Smith join us here this morning.**
很榮幸今天早上能請到史密斯先生前來本公司。

換句話說

We're very fortunate that Mr. Smith was able to join us today. 我們非常幸運，史密斯先生今天能前來本公司。

3 **Let's all give Mr. Smith a warm Yoyodyne welcome.**
請大家給史密斯先生來一個友友戴恩式的熱烈歡迎。

換句話說

Please join me in welcoming Mr. Smith. 請跟我一起來歡迎史密斯先生。

技術問題

4 **Looks like we're having a technical problem. Bear with us.**
看來我們碰到了一個技術上的問題。請耐心等一會兒。

換句話說

Please give us a few moments to work out this technical issue. Our apologies for the delay. 請給我們一點時間來解決這個技術問題。很抱歉耽誤到大家。

5 **Why don't we take a ten-minute break for refreshments?**
我們何不休息十分鐘用些點心？

換句話說

I think this would be a perfect time for a break. Let's reconvene in ten minutes. 我想這是休息一下的絕佳時間。我們十分鐘後再重新開始。

6 **I'm so sorry about that, Mr. Smith. I think we can start again in a few minutes.**
史密斯先生，真是對不起。我想我們過幾分鐘就可以重新開始。

接續著說

We've brought in a new computer that you can use. 我們拿了一台新電腦來，您可以使用。

all the way 一路；大老遠 / **Dublin** [`dʌblɪŋ] *n.* 都柏林（愛爾蘭的首都）/ **technical** [`tɛknɪkl] *adj.* 技術上的 / **bear with** 忍耐 / **apology** [ə`pɑlədʒɪ] *n.* 道歉 / **reconvene** [ˌrikən`vin] *v.* 重新召開（會議）

Tips

簡報必通技巧

做簡報是在商務環境中不可或缺的技能之一。不僅事前的準備要充足,簡報當中的訊息傳遞技巧更是日後生意成交與否的關鍵。

在事前的準備方面,通常會準備好 checklist。包括:投影設備、講義、網路線、麥克風設備、光線、音量、座椅安排等細節。現在飯店內的會議設備都很先進,投影設備出錯的機會較小,倒是常看到講者在簡報到一半要做 demo(實機展示)時電腦會當機的情況。為了避免讓聽眾在台下乾等的窘境,講者應事前將 backup plan 準備好,比如:準備可以替換的電腦、或是先做好螢幕畫面的擷取以便播放等。總之,就是要在簡報前先做好各種預防的措施。

另外,在簡報中講者介紹自己公司或產品時,往往自己講得很高興,卻忽略了以「客戶的」角度來幫他們著想的要點,比如:「所介紹的產品和客戶的關連性為何?」、「此產品對客戶有什麼好處?」、「客戶要怎麼使用才會發揮此產品的效益?」等。因此,在簡報中要記得「客戶(聽眾)」才是主角,要發掘出客戶的需求!

🔘 MP3 22

---

1 **Please let me know if there's anyone you'd like to meet.**

如果有哪個人您想見的話，請告訴我。

> **接續著說**
> My boss is a master at networking. He can make something happen. 我老闆是建立關係的高手。他會有辦法的。

---

2 **I've arranged for you to meet Mr. Leung, a very influential entrepreneur here.**

我已經安排您和梁先生見面，他是我們這裡一位非常有影響力的企業家。

> **接續著說**
> He's sympathetic to our situation. 他很贊同我們的立場。

---

3 **There's a workshop tomorrow. It'll be a good chance to network.**

明天有個研討會。這是個建立關係的好機會。

> **接續著說**
> It's being held at a conference center off-site. 它在他地的會議中心舉行。

---

4 **The director of the finance department is really interested in meeting you.**

財務部門的主管很想和您見面。

> **接續著說**
> Any chance you can fit a brief meeting into your schedule? 您有沒有可能在行程中插進一場簡短的會面？

---

5 **We'll be able to talk with the marketing people over lunch on Wednesday.**

我們將可以利用星期三午餐時間和行銷部門的人聊聊。

> **可以回答**
> Great. Make sure Paul is there too. 太好了。請確定保羅也會到那邊。

---

6 **I'll introduce you to the people running the Shanghai operation at the conference.**

我會在會議上把您介紹給負責上海地區營運的人員認識。

> **可以回答**
> Nice. That will be a great help to me. 真好。那對我會有很大的幫助。

---

networking [`nɛt.wɝkɪŋ] *n.* 與他人建立關係 / **influential** [ˌɪnfluˈɛnʃəl] *adj.* 有影響力的 / **entrepreneur** [ˌɑntrəprəˈnɝ] *n.* 企業家 / **sympathetic** [ˌsɪmpəˈθɛtɪk] *adj.* 贊同的；有同情心的 / **workshop** [`wɝk.ʃɑp] *n.* 研討會 / **network** [`nɛt.wɝk] *v.* 與他人建立關係 / **off-site** [`ɔf.saɪt] *adj.* 不在原場所的 / **run** [rʌn] *v.* 經營；管理 / **operation** [ˌɑpəˈreʃən] *n.* 操作；運作；經營；手術

23 貿易展
Trade Show

🔊 MP3 23

1 **Let's check in at the counter.**
我們去櫃檯報到吧。

> **換句話說**
> We need to register at the registration table. 我們要去登記處登記一下。

2 **We need to exchange our business cards for entrance passes.**
我們必須用名片換取通行證。

> **接續著說**
> If you don't have a card on you, I'll give you one of mine. Your name is Paul Liu. 假如您沒有帶到名片，我拿一張我的給您。您的名字是保羅・劉。

3 **Most of the interesting booths are in Building C.**
比較有趣的攤位大多都在 C 棟大樓。

> **換句話說**
> Building C has some booths worth seeing. C 棟大樓有些攤位值得一看。

4 **Could you man the booth for a while and answer questions?**
您可不可以顧一下攤位，回答一下問題？

> **接續著說**
> I want to say hello to a classmate of mine I see over there. 我想去跟我同學打聲招呼，我看到他在那邊。

5 **Let's meet in front of the Yoyodyne booth at 3:30.**
我們三點半在友友戴恩的攤位前面碰面。

> **換句話說**
> Why don't we meet up again at 3:30 by the Yoyodyne booth? 我們何不三點半在友友戴恩的攤位重新會合？

6 **There's going to be a lecture about investment at 4:30 if you're interested.**
如果您有興趣的話，四點半有一場關於投資的演講。

> **可以回答**
> Sounds worthwhile. / I think I'll just hang out at the booth. 聽起來蠻值得去的。 / 我想我就待在攤位上好了。

---

counter [ˈkaʊntɚ] *n.* 櫃檯 / **register** [ˈrɛdʒɪstɚ] *v.* 登記；註冊 / **registration** [ˌrɛdʒɪsˈtreʃən] *n.* 登記；註冊 / **entrance** [ˈɛntrəns] *n.* 進入；入場 / **booth** [buθ] *n.* 攤位 / **man** [mæn] *v.* 配置人員；（把人）安排於職位、崗位 / **meet up** 會合；碰面 / **lecture** [ˈlɛktʃɚ] *n.* 演講；授課 / **investment** [ɪnˈvɛstmənt] *n.* 投資

怎麼讓顧客願意掏錢？

若你今天走在展覽會場，下列哪一位櫃員說的話會讓你有興趣？櫃員甲：「先生您好，請來參觀我們的新鞋款！」櫃員乙：「小姐，想找好走又時尚的高跟鞋嗎？我們的高跟鞋不但百搭，而且走再久也不會腳痛。歡迎進來看看我們的新鞋品！」

可以區分出兩個話術差別嗎？前者是以「自己的」角度出發，比較難吸引客戶駐足。後者是以「對方的」角度來著想，較容易讓客戶感覺到產品特性、對她的好處等等，以這樣的模式跟顧客交流，成交的機率自然大增！

24 研討會和會議：事前準備

Seminars and Conferences: Preparation

MP3 24

1 **Late registration is OK. You'll just have to pay NT$1,500 at the door.**
晚報名沒有關係。您只要在門口繳交一千五百元即可。

接續著說
I'll see if I can have you reimbursed. 我來看看能不能讓您退款。

---

2 **Amy, from my team, will be there to translate for you.**
我這一組的愛咪會擔任您的翻譯。

接續著說
I recommend stopping to let her translate every two to three sentences. 我建議您每兩三句話停頓一下，好讓她翻譯。

---

3 **Will you have a chance to read over the materials before the session?**
開會前您會有機會仔細看過資料嗎？

接續著說
I'm wondering what your take is on the merger. 我不曉得您對合併案有什麼看法。

---

4 **Which session are you most interested in attending?**
您最想參加哪一場？

換句話說
Have you figured out which sessions you're going to attend?
您想好要參加哪幾場了嗎？

---

5 **Would you like to stay for the entire event, or do you want to sneak out early?**
您想待完整場活動，還是提早開溜？

可以回答
It depends. I could go either way.
看情況。我兩個都可能。

---

6 **If it's boring we'll just take off.**
如果很無聊，我們就離開。

換句話說
We'll stay if things look worthwhile.
假如情況看起來還不錯，我們就留下來。

---

read over 精讀 / **attend** [əˋtɛnd] *v.* 參加；出席 / **session** [ˋsɛʃən] *n.* 開會期間；活動期間；會議 / **entire** [ɪnˋtaɪr] *adj.* 整個的 / **event** [ɪˋvɛnt] *n.* 事件；活動 / **sneak** [snik] *v.* 偷偷地進、出 / **take off** 離開

1. **Have you been to one of these before?**
   您以前參加過類似的活動嗎？

   〔接續著說〕
   I went to an excellent training thing in Singapore last March.
   我去年三月在新加坡參加過一場非常棒的訓練活動。

2. **Could I take a look at your program?**
   我可以看一下您的程序表嗎？

   〔可以回答〕
   By all means. 當然可以。

3. **What did you think of the first guy's presentation?**
   您覺得第一個報告的人表現如何？

   〔可以回答〕
   He did a nice job. / Not bad. / Too much text on the slides. 他講得不錯。／還不賴。／投影片上的文字太多了。

4. **The moderator needs to do a better job of controlling the time.**
   會議主持人應該要把時間控制好。

   〔可以回答〕
   That's exactly what I was thinking. 我正好也是這麼想的。

5. **The discussants on the panel were more interesting than the speaker.**
   這個小組的討論者比演講者有趣多了。

   〔接續著說〕
   And what was up with that one guy during the Q and A? His didn't make any sense. 問答時間的那個人在台上幹嘛？他毫無作用可言。

6. **I think we can leave after the first afternoon session.**
   我想我們下午第一場會之後就可以離開了。

   〔接續著說〕
   But I'd like to come back for the last session. 可是我想回來參加最後一場。

---

excellent [`ɛksḷənt] *adj.* 卓越的；極好的 / **program** [`progræm] *n.* 節目表；程序表 / **text** [tɛkst] *n.* 本文；文稿 / **slide** [slaɪd] *n.* 投影片；幻燈片 / **moderator** [`mɑdə.retə] *n.* （討論、會議等的）主持人 / **discussant** [dɪ`skʌsənt] *n.* 參加討論的人 / **panel** [`pænḷ] *n.* 專題討論小組

🔍 *Tips*

明確的討論指標

商務人士對 meeting 通常都有「冗長」、「浪費時間」或「沒必要」、「無意義」等負面印象。那是因為沒效率的研討會或會議常會有拖延、沒重點、閒聊等情況產生。因此，要讓會議變的有意義，便要設計好以下要點：

- **Time: How long will it last?**（要討論多久？）
- **People: Who will attend?**（誰應參加？）
- **Purpose: What is the objective of the meeting?**（會議目的為何？）
- **Communication: What documentation is required?**（需要什麼文件資料？）
- **Results: Will all participants find consensus?**（會討論出共識嗎？）
- **Actions: Who will implement and track action plans?**（誰會執行與追蹤後續行動？）

有了這些很明確的指標，與會者才可以很清楚地了解自己應該負責什麼部分、該採取什麼行動，而不至於浪費時間在無意義的討論上。

1 **So, what's the next step?**
那麼，下一步是什麼？

> 換句話說
> How do we get the ball rolling?
> 我們要怎麼著手推動？

2 **I'd like to set up another meeting to discuss where we go from here.**
我想安排另外一場會議，討論我們接下來該怎麼做。

> 換句話說
> Let's meet again ASAP to figure out our next move. 我們盡快再見一次面，以會商接下來的做法。

3 **Let's just take it step-by-step and see what happens.**
我們一步一步來，看看後續如何發展。

> 換句話說
> Let's play it by ear. 我們見機行事吧。

4 **Let us run the numbers first, and we'll take it from there.**
我們先檢視一下數字，然後我們再從那兒著手。

> 換句話說
> Let's crunch some numbers and see where we are. 我們先把一些數字算出來，看看情況怎麼樣。

5 **It looks really good on paper, so I'm sure we'll consider it carefully.**
書面上看起來很不錯，所以我想我們一定會仔細考慮。

> 接續著說
> I'll give it to the boss to look over, and we'll be in touch. 我會把它呈給老闆看，我們保持聯絡。

6 **I think we need a little time to evaluate your proposal, but we're obviously very interested.**
我想我們需要一點時間評估你們的提案，但是我們顯然對這項提案非常感興趣。

> 接續著說
> Could we get back to you—let's say—in a week? 我們能不能在——比方說——一個星期後回覆你們？

---

get the ball rolling 開始做；起頭 / **set up** 設立；安排 / **where we go from here** 我們接下來怎麼做 / **ASAP** 盡快（為 as soon as possible 之略）/ **figure out** 想出 / **step-by-step** 一步一步 / **play it by ear** 見機行事；隨機應變 / **We'll take it from there.** 我們再從哪兒著手。 / **crunch** [`krʌntʃ] v. 快速處理（資訊）/ **look over** 查看；瀏覽 / **be in touch** 保持聯絡 / **evaluate** [ɪ`væljʊˌet] v. 對……評估 / **proposal** [prə`pozl] n. 提案 / **obviously** [`abvɪəslɪ] adv. 明顯地 / **get back to you** 回覆你（們）

27 未來的合作：態度樂觀
Future Cooperation: Optimistic

🎵 MP3 27

1 **I'm really optimistic about the project.**

我對這項企劃案非常樂觀。

換句話說

This project looks really promising. 這項企劃案十分有希望。

---

2 **It seems like a win-win situation for everyone.**

這對大家都是雙贏的局面。

接續著說

We'd be foolish not to strike while the iron is hot. 要是不打鐵趁熱，那我們就是傻瓜了。

---

3 **I'm pretty confident that this is going to happen.**

我非常有信心，這個案子會成功。

接續著說

What do you think the likelihood is? 您認為可能性有多高？

---

4 **I'm really looking forward to working with you on this.**

我非常期待能和您合作進行這個案子。

可以回答

Same here. I have a good feeling about this. 彼此彼此。我對這個案子很樂觀。

---

5 **It looks like we'll probably be seeing a lot more of each other.**

看樣子我們可能會常常見面了。

換句話說

Seems to me we'll be in frequent contact in the coming months. 我看，在往後幾個月，我們會常常聯絡。

---

6 **It looks like it's going to be a very successful trip.**

看來這是趟非常成功的行程。

換句話說

This trip has been very productive. 這趟的收穫非常大。

---

optimistic [ˌɑptəˋmɪstɪk] *adj.* 樂觀的 / **promising** [ˋprɑmɪsɪŋ] *adj.* 有希望的；有前途的 / **win-win** 雙贏 / **strike while the iron is hot** 打鐵趁熱 / **confident** [ˋkɑnfədənt] *adj.* 確信的；有自信的 / **likelihood** [ˋlaɪklɪˌhʊd] *n.* 可能性 / **be in frequent contact** 經常連繫 / **productive** [prəˋdʌktɪv] *adj.* 成果豐碩的；多產的

Part 4

觀光嚮導：吃喝篇

MP3 28

食物

[1] **Are you feeling hungry yet?**

您覺得餓了嗎？

換句話說
Would you like something to eat? 您想吃點東西嗎？

[2] **How hungry are you?**

您有多餓？（您會不會很餓？）

可以回答
I'm not too hungry. Something small would be fine. / I'm quite hungry. I'm ready for a meal. 我不是很餓。吃點小東西就好。/ 我餓得不得了。我準備要飽餐一頓。

[3] **You must be starving.**

您一定餓壞了。

換句話說
I bet you're famished. 我敢肯定您餓慘了。（您肯定餓了。）

飲料

[4] **Can I get you a cup of coffee or tea?**

要不要我幫您拿杯咖啡或茶？

換句話說
I can get you some coffee or tea if you'd like. 如果您要的話，我可以幫您拿點咖啡或茶。

[5] **Would you like something to drink?**

您想不想喝點什麼？

換句話說
Would you care for something to drink? 您想不想喝點什麼？

[6] **I'm getting a little thirsty. How about you?**

我覺得有點渴。您呢？

接續著說
I could go for an iced tea. Would you like one? 我可以去弄杯冰茶。您要嗎？

starve [stɑrv] v. （使）挨餓 / **I bet ...** 我敢肯定…… / famish [ˈfæmɪʃ] v. 使挨餓

🔍 *Tips*

待客必通句

身為接待外賓或訪客的主人，想對訪客展現關心之意時，最快、最一般的方式就是詢問對方是否想喝點什麼（Would you like something to drink?）。除此之外，其他可以用來展開話題的方式還包括：

- **Is this your first visit to Taipei?**（這是您初次來到台北嗎？）
- **How was the trip?**（一路上還好嗎？）
- **How was your weekend?**（週末過得好嗎？）
- **Let me take your coats.**（讓我幫您拿外套。）
- **Would you like some coffee?**（想喝點咖啡嗎？）

🎵 MP3 **29**

① **Do you feel like getting something to eat?**
您想不想吃點東西？

> 換句話說
> Interested in getting some food? 有興趣吃點東西嗎？

② **How about some breakfast / lunch / dinner?**
我們用點早餐／中餐／晚餐，如何？

> 換句話說
> Shall we go somewhere for breakfast / lunch / dinner? 我們要不要找個地方吃早餐／中餐／晚餐？

③ **Do you have time for a quick bite?**
您有時間很快地簡單吃一下嗎？

> 接續著說
> I know a good place not too far from here. 我知道有個地方不錯，離這裡不太遠。

④ **Are you ready for lunch?**
您準備好吃午餐了嗎？

> 換句話說
> Does lunch sound good to you? 您覺得吃個午餐如何？

⑤ **What would you like to eat?**
您想吃點什麼？

> 換句話說
> What do you feel like having?
> 您想要吃什麼？

⑥ **There's a really good noodle restaurant near here. Would you like to go?**
這附近有家麵店非常好吃。您想不想去？

> 換句話說
> There's a great place for noodles nearby. Care to join me? 附近有個吃麵的好地方。要不要跟我一起去？

bite [baɪt] *n.*【口語】簡單的食物

30 選擇餐廳類型
Choosing a Type of Restaurant

🎧 MP3 **30**

1 **What kind of place would you like to go? Sit-down or something fast?**
您想去什麼樣的地方？是可以坐下來用餐的，還是速戰速決的？

接續著說
Are you interested in good atmosphere, good food, or both? 您想要的是氣氛佳、菜好吃，還是兩者都要？

2 **There are several restaurants here in the hotel.**
飯店裡有好幾家餐廳。

可以回答
Sounds good to me. I'll let you decide on which one. 聽起來還不錯。要選哪一家就由你決定吧。

3 **How about a Chinese buffet place?**
去中式自助餐館吃如何？

接續著說
We can go for traditional or vegetarian. 我們可以選傳統或素食。

4 **Maybe we should grab a snack at a night market?**
或許我們應該去夜市吃個小吃？

接續著說
Even if you're not hungry, night markets are interesting places to visit. 就算您不餓，夜市也是很好玩、值得一去的地方。

5 **If you're hungry, I know a good all-you-can-eat restaurant.**
如果您餓了，我知道有一家吃到飽的餐廳很好吃。

換句話說
If you've got an appetite, an all-you-can-eat place is just the ticket. 假如您胃口不錯的話，去吃到飽的店就很適合。

6 **Are you up for something totally local? I've got a place in mind that's good and cheap.**
您要不要嘗試道地的小吃？我知道有一家好吃又便宜。

接續著說
You'll need to use chopsticks though. Are you all right with that? 不過您得用筷子。那樣可以嗎？

---

buffet [buˋfe] *n.* 自助餐 / **traditional** [trəˋdɪʃənl] *adj.* 傳統的 / **vegetarian** [ˌvɛdʒəˋtɛrɪən] *adj.* 素食的 / **grab** [græb] *v.* 抓取；匆忙地做 / **snack** [snæk] *n.* 點心；小吃 / **all-you-can-eat** 吃到飽 / **Are you up for...?** 你有沒有興趣……？ / **chopsticks** [ˋtʃɑpˌstɪks] *n.* 筷子（複數）

選擇各國或地方性的佳餚
Choosing a National or Regional Cuisine

🔊 MP3 31

1 How does Japanese food sound?

去吃日本料理如何？

> **換句話說**
> What do you say we get some Japanese food? 我們點些日本料理，你說怎麼樣？

2 There is a good Italian place not far from here.

離這裡不遠有家好吃的義大利餐館。

> **接續著說**
> They make their own pasta. 他們的義大利麵是自己做的。

3 How about Korean barbeque?

吃韓國烤肉如何？

> **接續著說**
> If you like grilled beef or pork, you've got to try it. 假如您喜歡烤牛肉或烤豬肉，那一定要嚐嚐看。

4 I'd like to take you to Mongolian hot pot. I think you'll like it.

我想帶您去吃蒙古火鍋。我想您會喜歡的。

> **換句話說**
> May I make a suggestion? Mongolian hot pot. 我可以提個建議嗎？蒙古火鍋。

5 Let's have a traditional Chinese breakfast.

我們去吃傳統的中式早餐吧。

> **接續著說**
> There's rice porridge and hot soy milk. 有稀飯和熱豆漿。

6 If you'd like Western food, I know just the place.

如果您想吃西餐，我知道我們該上哪去。

> **換句話說**
> I know a good place for Western food if you'd prefer that. 如果您比較喜歡吃西餐，我知道有個好地方。

---

grilled [grɪld] *adj.* 燒烤的 / **Mongolian** [mɑŋˋgoljən] *adj.* 蒙古人（的）/ **hot pot** 火鍋

🔍 *Tips*

待客必通技巧

台北是一個非常國際化的城市，世界各國的知名菜餚餐廳應有盡有。除了上述的 Japanese（日本—生魚片 sashimi）、Korean（韓國—烤肉 Bulgogi）和 Italian（義大利—比薩 Pizza）料理之外，還可以提議：Spanish（西班牙—海鮮飯 seafood paella）、Mexican（墨西哥捲餅 burrito）、Thai（泰國—酸辣料理 hot and sour food）、Indian（印度—咖哩 curry）、French（法國—排餐 steak）等，供外賓選擇。

另外，一般認為既然外賓都大老遠地飛來台灣一趟，理當要嚐嚐台灣當地的夜市小吃。但是因為在商務招待上，還是極有可能在餐後討論到業務正事。因此，挑選稍有格調的餐廳來招待外賓較保險。且一般外國人可能根本不敢吃類似像臭豆腐、豬血糕等傳統台灣小吃，所以，當主人好意招待外賓嘗試新美食時，適時地顧及外賓的口味與偏好才是最周全的待客方式。

MP3 32

1 **What kind of food do you like?**
您喜歡哪種食物？

> **可以回答**
> I'm not too picky, but I don't really like shellfish. 我不是很挑，可是我不太喜歡貝類。

2 **Is Chinese food OK? Or would you rather have something else?**
中式料理可以嗎？還是您想吃點別的？

> **換句話說**
> Would Chinese food be agreeable with you? 您吃得慣中式料理嗎？

3 **Is there anything you'd especially like to try?**
您有沒有特別想嘗試的東西？

> **換句話說**
> Are you craving something in particular? 您有特別想吃什麼嗎？

4 **How about seafood?**
吃海鮮如何？

> **換句話說**
> Are you a fan of seafood? 您愛吃海鮮嗎？

5 **Do you like spicy food?**
您喜歡辣的食物嗎？

> **接續著說**
> If so, we could go for some Thai or Indian food. 假如喜歡的話，我們可以去吃點泰國菜或印度菜。

6 **Would you mind having something deep-fried?**
您介不介意吃油炸的食物？

> **接續著說**
> I'm kind of in the mood for tempura. 我有點想吃天婦羅。

---

shellfish [ˋʃɛl͵fɪʃ] *n.* 貝類 / **crave** [krev] *v.* 渴望 / **spicy** [ˋspaɪsɪ] *adj.* 辛辣的 / **deep-fried** [ˋdipˋfraɪd] *adj.* 油炸的 / **tempura** [tɛˋpʊrə] *n.* 天婦羅

33 詢問飲食禁忌
Asking About Food Restrictions

🔊 MP3 33

---

1 **Is there anything you'd rather not eat?**

有沒有什麼是您不吃的？

可以回答
Well, I'm not a big fan of raw fish. 嗯，我不是很愛吃生魚片。

---

2 **Are you a vegetarian / vegan?**

您吃素 / 全素嗎？

可以回答
In fact, I am. / No. I eat meat.
事實上我吃素 / 全素。 / 不，我吃葷。

---

3 **Do you have any dietary restrictions?**

您是否有任何飲食禁忌？

可以回答
I have to watch my sodium intake. / I'm on a low-starch diet.
我必須注意鈉的攝取量。 / 我的飲食必須含低澱粉。

---

4 **Are you allergic to anything?**

您有沒有對什麼東西過敏？

可以回答
I can't eat anything containing peanuts. 我不能吃任何含花生的東西。

---

5 **Are you up for trying something a little unusual?**

您有沒有興趣嘗試一點特別的？

可以回答
I'm game. (Yes.) / I'll pass. (No.)
我奉陪。（好。） / 不奉陪。（不了。）

---

6 **Should I ask them not to use MSG?**

需要我吩咐他們不要加味精嗎？

可以回答
If you would, thanks. (Yes.) / No, that's OK. (No.) 假如可以的話，謝謝。（好。） / 不，沒關係。（不用了。）

---

vegetarian [ˌvɛdʒə`tɛrɪən] *n.* 素食者 / **vegan** [`vɛgən] *n.* 嚴守素食主義的人；純素食者 / **dietary** [`daɪəˌtɛrɪ] *adj.* 飲食的 / **restriction** [rɪ`strɪkʃən] *n.* 限制；約束 / **sodium** [`sodɪəm] *n.* 鈉 / **intake** [`ɪn.tek] *n.* 攝取（量） / **allergic** [ə`lɝdʒɪk] *adj.* 過敏的 / **MSG** (monosodium glutamate) ([ˌmɑnə`sodɪəm`glutə.met]) *n.* 味精

美食停看聽

根據筆者與各國外賓交流的經驗，不同國家的人，嘗試新奇口味的容忍度也不同。比方說，美國人較放得開、較不排斥嘗試新口感食物，所以不管是推薦東方的泰國菜，或西方的義大利麵，他們都可以欣然接受。日本人平時常吃壽司、拉麵，因此對台灣的傳統中國菜，或港式飲茶顯得較有興趣。新加坡的訪客因平時常以米飯類為主食，因此來台時會較喜歡吃西式牛排。至於德國人，因生性較嚴謹保守，因此對於他們不了解的食物較沒有興趣。例如：有一次筆者帶一位德國工程師去台南洽公，回程中在機場候機時他說肚子餓，筆者便在機場美食街點了「炒米粉」請他，但這位德國工程師看到炒米粉上面淋的「碎肉燥」便不敢食用了，最後只好等回到台北再去德國餐廳點他最熟悉的「香腸料理」。

由此可見，接待不同國家的外賓時，最好還是用上述兩節所列出的實用句型，事先詢問外賓的喜好與禁忌，確保賓主盡歡。

34 描述料理方法（簡要說明）
Describing How Something Is Cooked (General)

台灣

① **The pork cutlet is** breaded **and then deep-fried.**
先將豬肉片裹上麵包粉，然後油炸。

> **接續著說**
> It's usually served over rice.
> 它通常是配飯吃。

② **The noodles are boiled and then stir-fried with meat and vegetables.**
先將麵煮熟，然後放入肉和蔬菜一起炒。

> **接續著說**
> "Chow mein" is the Cantonese pronunciation. In Mandarin it's "chaomian." 「Chow mein」是廣東話的發音。在國語裡叫「chaomian」。

北方

③ **The meat and vegetable** filling **is** wrapped **in** dough **and then boiled.**
把肉和蔬菜餡料用麵團包好，然後煮熟。

> **接續著說**
> When you eat them, you dip them in soy sauce or dark vinegar. 您在吃的時候，要沾一下醬油或黑醋。

④ **The** ingredients **are cooked and brought to the table on a hot iron plate.**
將煮過的食材放在燒燙的鐵盤上端上桌。

> **接續著說**
> Hold up a napkin to keep from getting splattered. 拿餐巾紙擋著，以免被噴到。

南方

⑤ **The fish is steamed whole with** spring onion, ginger, **and soy sauce.**
整隻魚加青蔥、薑和醬油一起蒸。

> **接續著說**
> The meat is really moist, and you don't need to eat the skin.
> 魚肉相當多汁，而且你不必吃皮。

⑥ **The dumplings are steamed and served in the** steamer basket.
將餃子蒸好之後，放在蒸籠裡端上桌。

> **接續著說**
> You can dip them in red vinegar, chili sauce, spicy mustard, or just eat them plain. 你可以沾紅醋、辣椒醬、辣芥末，或者就直接吃。

bread [brɛd] *v.* 裹麵包粉 / **filling** [ˋfɪlɪŋ] *n.* 內餡 / **wrap** [ræp] *v.* 包；裹 / **dough** [do] *n.* 麵團 / **dip** [dɪp] *v.* 沾 / **vinegar** [ˋvɪnɪɡɚ] *n.* 醋 / **ingredient** [ɪnˋɡridɪənt] *n.* 烹飪食材 / **spring (green) onion** [ˋsprɪŋ(ˋgrin)ˋʌnjən] *n.* 青蔥 / **ginger** [ˋdʒɪndʒɚ] *n.* 薑 / **steamer basket** [stimɚˋbæskɪt] *n.* 蒸籠 / **mustard** [ˋmʌstəd] *n.* 芥末 / **plain** [plen] *adj.* 簡樸的；不加醬料的

🔘 MP3 **35**

台灣

1. **Zhajiang noodles are noodles** topped **with a sauce that is made by stir-frying** ground **pork, tofu, green onions, and fish sauce. It's usually served with sliced** cucumbers **and carrots.**

炸醬麵就是在麵條上面淋上用肉燥、豆腐、青蔥和海鮮醬炒好的醬汁，上桌時再加上小黃瓜和紅蘿蔔絲。

接續著說

Some people call it "Chinese spaghetti." 有些人稱它為「中式義大利麵」。

北方

2. **Kung-pao chicken is made from chopped, marinated chicken. The chicken is stir-fried with chopped green onions,** garlic, chili peppers, **peanuts, and soy sauce.**

宮保雞丁是用剁碎並以滷汁醃過的雞肉做成的。把雞肉和切碎的青蔥、蒜頭、紅辣椒、花生和醬油放在一起炒。

接續著說

It's a classic Sichuan dish. 它是道地的川菜。

南方

3. **Phoenix talons are actually chicken feet that are deep-fried or boiled, marinated in a black bean sauce, and then steamed.**

鳳爪其實就是經油炸、煮熟並用黑豆醬油滷過，之後再蒸的雞腳。

接續著說

Chicken feet are often more expensive by weight than chicken breast. 以重量來算，鳳爪多半比雞胸肉貴。

---

top [tɑp] v. 覆蓋 / **ground** [ɡraʊnd] adj. 磨碎的 / **cucumber** [`kjukəmbə] n. 黃瓜 / **garlic** [`ɡɑrlɪk] n. 大蒜；蒜頭 / **chili pepper** [`tʃɪlɪˌpɛpə] n. 紅辣椒

36 提議吃什麼食物
Making Food Suggestions

🎵 MP3 36

1 How about deep-fried crullers, porridge, and hot soymilk for breakfast?

早餐吃油條、稀飯和熱豆漿如何？

接續著說
You can't travel this far and not try it. 您可不能遠道而來卻不嚐嚐看。

2 I think you'll like egg cake. You can get plain, bacon, ham, corn, or tuna.

我想您會喜歡蛋餅的。您可以選擇原味、培根、火腿、玉米或鮪魚。

接續著說
It's kind of like a cross between a crepe and an omelet. 它有點像是烤薄餅和煎蛋餅的混合體。

3 We'll have biandang for lunch. It's a box with rice, vegetables, and choice of meat or fish.

我們中午會吃便當。便當就是在盒子裡裝上飯、蔬菜，還可以選擇肉或是魚。

接續著說
The Japanese call it "bento." 日本人稱它為「弁當」。

4 Danbaofan is kind of fun. It's like an omelet filled with fried rice.

蛋包飯蠻有趣的，就像在煎蛋餅裡面包炒飯。

接續著說
Some places serve it with Japanese curry. 有的地方會配上日式咖哩。

5 It's kind of cold. Maybe we should think about shabu-shabu.

天氣有點冷。或許我們可以考慮吃涮涮鍋。

接續著說
It's a mini hot pot soup you make yourself at the table with lots of vegetables and your choice of meat. 那是一種迷你火鍋湯，您可以用很多青菜和自己所選的肉類在桌上自己煮。

6 There's nothing like shaved ice on a hot night like this.

像今天晚上這麼熱，沒有什麼比吃刨冰更好的了。

接續著說
It's healthier than ice cream and just as good. 它比冰淇淋健康，而且一樣好吃。

---

soymilk [ˋsɔɪ͵mɪlk] *n.* 豆漿 / **plain** [plen] *adj.* 不含其他物質的；簡單平實的 / **tuna** [ˋtunə] *n.* 鮪魚 / **cross** [krɔs] *n.* 混合物 / **crepe** [krep] *n.* 可麗餅 / **omelet** [ˋɑmlɪt] *n.* 煎蛋餅 / **shaved** [ʃevd] *adj.* 刨的；削的

🔊 MP3 37

1 I recommend the special. It's what this place is known for.

我推薦特餐。這個地方就是以這個出名的。

換句話說

This place is well-known for it's pulled-turkey rice. You should definitely get that. 這個地方的手扒火雞飯很有名。您絕對應該吃吃看。

2 I had the beef noodle soup the last time I was here. You can't go wrong with that.

我上一次來這裡就是吃牛肉湯麵。您選這個肯定不會錯。

換句話說

You can't go wrong with the beef noodle soup. I had it the last time I was here. 吃牛肉湯麵肯定不會錯。我上次來的時候就是吃這個。

3 I know a place that serves sesame chicken ice cream. You've got to try it.

我知道有一家冰淇淋店有賣麻油雞口味的冰淇淋。您一定要試試看。

接續著說

It's really weird. They have normal flavors, too. 這個口味非常怪異。他們也有正常的口味。

4 If you're feeling like something savory, go for the beef and tomato huifan.

如果您想吃口味重一點的，就吃番茄牛肉燴飯。

接續著說

But if you're feeling like something light, I know a place with good salads. 可是假如您想吃點清淡的，我知道有個地方的沙拉很不錯。

5 I think you should try the oyster vermicelli. It's a classic dish.

我覺得您應該試試蚵仔麵線。這是道經典的小吃。

換句話說

If I were you, I'd try the oyster vermicelli. It's a traditional favorite. 假如我是您的話，我會嚐嚐蚵仔麵線。它是傳統的人氣小吃。

6 If you're not too hungry, the cold noodles are a good choice.

如果您不是很餓，涼麵是個不錯的選擇。

接續著說

The noodles are served with a sesame sauce and sliced cucumber. 涼麵配芝麻醬和黃瓜絲一起吃。

---

recommend [ˌrɛkəˋmɛnd] *v.* 推薦；介紹 / **be known for...** 以……而聞名 / **pulled** [pʊld] *adj.* 拉扯的 / **turkey** [ˋtɝkɪ] *n.* 火雞 / **definitely** [ˋdɛfənɪtlɪ] *adv.* 明確地；絕對地 / **flavor** [ˋflevə] *n.* 味道；風味 / **feel like** 想要 / **savory** [ˋsevərɪ] *adj.* 鹹、辣的；口味重的 / **classic** [ˋklæsɪk] *adj.* 經典的 / **vermicelli** [vɝməˋsɛlɪ] *n.* 義大利細麵條

38 點餐：菜單
Ordering: The Menu

🎵 MP3 38

1 **Let me tell you what's on the menu.**
我來告訴您菜單上有些什麼。

> **換句話說**
> I'll explain the menu to you. 我跟您解釋一下菜單。

2 **What looks good to you?**
您覺得哪個菜色看起來不錯？

> **可以回答**
> That looks kind of good. What kind of meat is in it? 那個看起來還不錯。裡面是哪種肉？

3 **Get anything you'd like. Just point to what looks interesting.**
您想吃什麼就點什麼。只要指一下那個看起來好吃的就行了。

> **接續著說**
> If you don't like it, I'll have it. 假如您不喜歡的話，那就給我吃。

4 **How about what that man over there is eating?**
試試那邊那位男士在吃的東西如何？

> **換句話說**
> See what the guy in the white shirt is eating? Wanna try that? 看到那個穿白襯衫的人在吃的東西嗎？想不想嚐嚐看？

5 **I can order for you if you'd like.**
如果您要的話，我可以幫您點餐。

> **換句話說**
> Would you like me to order for you?
> 您要我幫您點餐嗎？

6 **This is a family-style place, so I'll just order a bunch of dishes, and we'll share.**
這是一間家常菜餐館，所以我會點幾道菜，我們一起吃。

> **接續著說**
> I'll get a few meat dishes, a few vegetable dishes, and a soup. Would you like steamed or fried rice? 我會點幾道肉、幾道青菜和一個湯。您想吃蒸的飯還是炒飯？

point [pɔɪnt] *v.* 指；指向 / **bunch** [bʌntʃ] *n.* 一群；一串；一束

食物

1 **You can have the noodles dry, in soup, or stir-fried.**

您可以吃乾麵、湯麵或者是炒麵。

接續著說
Also, would you like wheat noodles or rice noodles? 還有，您要吃麵條還是米粉？

2 **How spicy would you like your curry?**

您的咖哩要多辣？

接續著說
On a scale from one to ten--one being mild and ten being spicy. 辣度從一到十。一是微辣，十是很辣。

3 **Would you like the set meal? It includes soup, salad, and a drink.**

您想不想吃套餐？套餐包括湯、沙拉和飲料。

接續著說
Otherwise, you can just get the entrée by itself. 要不然您也可以只點主菜。

飲料

4 **Would you like coffee, tea, or juice?**

您要喝咖啡、茶，還是果汁？

換句話說
Coffee, tea, or juice? Which would you prefer? 咖啡、茶還是果汁？您比較喜歡哪一樣？

5 **You can have the coffee hot or iced.**

您可以點熱咖啡或冰咖啡。

換句話說
Iced coffee or hot coffee? 冰咖啡還是熱咖啡？

6 **Would you like your drink now or with your meal?**

您想要現在就上飲料，還是隨餐上？

換句話說
Would you like your drink with your meal or after? 您的飲料要隨餐上還是餐後上？

Q *Tips*

待客好用句

除了上述建議食物選項之外，亦可適時地加入 "I hope you like it."（希望您會喜歡。）或 "How do you like the taste?"（口感您還喜歡嗎？）等確認性的話語。

另外，招待外賓晚宴席間還有可能會喝點酒類，因此還可以詢問 "Can I offer you more wine?"（您要再加點酒嗎？）。飲酒餐宴後更可貼心地詢問 "Should I call you a taxi?"（我幫您叫計程車好嗎？）或 "Can I give you a ride back to your hotel?"（我開車送您回飯店好嗎？）

Q *Tips*

美食停看聽

外賓來台灣時，大多會自己準備一本介紹台灣特色或飲食的書。這些記錄「台灣指南」的冊子，一定都會提及台灣的特色：觀光夜市。夜市的確是個能讓他們體驗台灣小吃的好機會，像是豬血糕、臭豆腐、豬肚湯等，不過這些美食許多外賓可能沒有勇氣嘗試。這時候，你可以推薦糖葫蘆、刨冰、紅豆湯等甜點類小吃給外賓。總之，想推薦台灣特有小吃時，只要先了解外賓的喜好與口味，就不怕踩到地雷了！

🎧 MP3 **40**

1 **The soup is a little sour.**

這湯有一點酸。

換句話說
The soup's a little bit sour. 這湯稍微有點酸。

2 **If it tastes bland, add some of this sauce. It's salty.**

如果吃起來沒什麼味道，加些這種醬汁。這是鹹的。

換句話說
This sauce will wake up the flavor. 這個醬汁可以提味。

3 **These dumplings have a sweet filling. Those are savory.**

這些水餃的內餡是甜的。那些是鹹的。

換句話說
These are the sweet dumplings, and those are the savory ones. 這些是甜餃，那些是鹹餃。

4 **The fish is very fresh. Be careful with the bones.**

這條魚很新鮮。小心魚刺。

接續著說
You can put the bones in an empty bowl or on a napkin. 您可以把骨頭放在空碗裡或餐巾紙上。

5 **It tastes better than it smells.**

這吃起來比聞起來好。

接續著說
Trust me. 相信我。

6 **Careful. The curry is temperature hot, but it's not spicy.**

小心。這咖哩很燙，但是並不會辣。

接續著說
You might want to let it cool off a little bit. 您或許會想讓它涼一下。

---

bland [blænd] *adj.* 淡而無味的；無刺激性的 / **wake up** 使活躍起來 / **temperature** [ˋtɛmprətʃə] *n.* 溫度

41 形容口感
Describing Texture

🔘 MP3 **41**

1. **The mochi is really chewy.**
   這麻糬很有嚼勁。

   接續著說
   The filling is sweet but not too sweet. 內餡雖然甜，但是不會太甜。

2. **These rice noodles are very springy.**
   這些米粉很有彈性。

   接續著說
   A lot of places overcook them. 有很多地方都會把它煮得太爛。

3. **The outside is crispy and the inside is juicy.**
   外面很脆，裡面多汁。

   接續著說
   It almost melts in your mouth. 它幾乎入口即化。

4. **The beef is tender, but the pork is a little tough.**
   這牛肉很嫩，但是豬肉有一點老。

   接續著說
   The lamb is juicy, but the chicken is a little dry. 羊肉多汁，但是雞肉有點乾。

5. **The steamed vegetables are perfect: not too soft and not too crisp.**
   這蒸過的青菜好吃極了：不會太軟也不會太脆。

   換句話說
   The vegetables are cooked just right. 青菜煮得恰到好處。

6. **The pudding is nice and creamy.**
   這布丁好吃，很有奶油味。

   接續著說
   It's to die for. 它好吃斃了。

---

mochi [ˋmotʃi] *n.* 麻糬 / **chewy** [ˋtʃuɪ] *adj.* 不易咀嚼的 / **springy** [ˋsprɪŋɪ] *adj.* 有彈性的 / **tender** [ˋtɛndɚ] *adj.* 嫩的；柔軟的 / **tough** [tʌf] *adj.* （肉）老的；堅韌的

🎧 MP3 42

⊡ The set meal includes dessert.
套餐包括甜點。

> **換句話說**
> Dessert is included in the set meal. 甜點包含在套餐裡。

⊡ You can choose cake, an egg tart, ice cream, or pudding.
您可以選擇蛋糕、蛋塔、冰淇淋，或者是布丁。

> **換句話說**
> You have your choice of cake, egg tart, ice cream, or pudding. 您的選項包括蛋糕、蛋塔、冰淇淋，或者是布丁。

⊡ It's a sweet soup made with peanuts. Try it.
這是用花生做成的甜湯。試試看。

> **接續著說**
> Let me get you a spoon. 我幫您拿把湯匙。

⊡ Pick any three toppings for your shaved ice.
您可以任選三種料，淋在刨冰上。

> **接續著說**
> Most of them are pretty sweet. 它們大部分都蠻甜的。

⊡ The glutinous rice balls are filled with sesame paste.
這糯米湯圓裡面包的是芝麻糊。

> **接續著說**
> You can also get them with sweet red bean paste. 您也可以點包紅豆沙的。

⊡ This shop is famous for its wheel cakes. I like the cream filling.
這家店以車輪餅出名。我喜歡奶油餡的。

> **接續著說**
> We'll get a few different fillings and sample them. 我們點幾種不同的餡來嚐一下。

---

topping [ˋtɑpɪŋ] *n.* 淋在食物上的調味料 / **glutinous rice** [ˋglutɪnəsˋraɪs] *n.* 糯米 / **paste** [pest] *n.* 糊狀物；醬；膏

43 餐館的氣氛
Atmosphere of Eatery

🎵 MP3 43

1. **I'm sorry, I didn't hear you. This place is kind of noisy.**

   對不起，我聽不見您說話。這地方蠻吵的。

   接續著說
   Could you repeat that? 您可以再說一遍嗎？

2. **The interior design in here is really interesting.**

   這裡面的室內裝潢很有意思。

   換句話說
   I really like the interior design. 我相當喜歡這樣的室內裝潢。

3. **This is one of the classiest places in town.**

   這是市區裡最有格調的餐館之一。

   接續著說
   They must have spent a fortune on it. 他們一定在上面砸下了重金。

4. **These private banquet rooms are cozy.**

   這些隱密的宴會廳很舒適。

   接續著說
   A couple of people in the next room are television celebrities. 隔壁包廂有幾個人是電視明星。

5. **This is a very typical local restaurant.**

   這是間非常典型的本地餐館。

   接續著說
   Very authentic. 非常道地。

6. **It doesn't look like much, but the food is great.**

   這家店看起來不怎麼樣，但是東西很好吃。

   接續著說
   This place has been here forty-five years. 這家店在本地已經開了四十五年。

---

interior design [ɪnˋtɪrɪɚdɪˋzaɪn] *n.* 室內設計 / **classy** [ˋklæsɪ] *adj.* 高級的；有格調的 / **banquet** [ˋbæŋkwɪt] *n.* 宴會；盛宴 / **cozy** [ˋkozɪ] *adj.* 舒適的 / **celebrity** [sɪˋlɛbrətɪ] *n.* 名人；名流 / **typical** [ˋtɪpɪkl] *adj.* 典型的 / **authentic** [ɔˋθɛntɪk] *adj.* 真品的；道地的

🎵 MP3 **44**

① **It's my treat.**
我請客。

換句話說
It's on me. 我來付。

② **I've got the bill. I'll let you get the next one.**
我來結帳。下一次會讓您請。

換句話說
Allow me. I insist. You can pick up the tab next time. 讓我來。我堅持。您可以下次再請。

③ **Do you mind if we split the bill?**
您介不介意我們各付各的？

接續著說
That's the way coworkers usually do it here in Taiwan. 台灣這裡的同事通常都是這樣做的。

④ **We'll put it on my card.**
我們用我的信用卡刷。

接續著說
You can pay me cash for your portion. 您可以用現金付給我您的那部分。

⑤ **This one is on the company.**
這一頓公司出錢。

可以回答
Thank you Yoyodyne. 感謝友友戴恩。

⑥ **In Chinese culture, it's common for people to fight over paying the bill.**
在中國文化裡，人們常常搶著付帳。

接續著說
You are by no means expected to do that. 別人絕對不會期待您這麼做。

---

treat [trit] *n.* 請客 / **bill** [bɪl] *n.* 帳單 / **insist** [ɪn`sɪst] *v.* 堅持 / **tab** [tæb] *n.*（用餐的）帳單 / **split** [splɪt] *v.* 分開 / **coworker** [`ko.wɜkə] *n.* 同事 / **portion** [`porʃən] *n.* 部分 / **common** [`kɑmən] *adj.* 常見的；普通的

🔍 *Tips*

待客必通技巧

一般人對「搶著付帳」的印象就是，兩人拿著帳單在大庭廣眾之下拉拉扯扯的，即便其中一人搶贏了，另一人還是會追到櫃台，爭相著要將信用卡塞給結帳人員刷。但真正的商務午／晚餐或宴會場合，不太可能會有這種情況發生。外賓來訪，主客之間自然會有默契，主人請客的話美國人會表達感謝之意，但不會站起來搶帳單。

另外在台灣，人們會有「回請」的習慣，但對方（外賓）會不會「回請」，要看民族性與個人習慣而定。根據筆者的經驗，美國人通常不會有「回請」的習慣。而筆者遇到回請的經驗是之前跟某印度廠商交涉時，請自印度來台裝軟體的工程師吃了一頓泰國菜，那位工程師除了說 "Let me buy you a drink when you visit India." 之外，之後還好意地邀我去印度參加他的婚禮。當然，忙碌的筆者實在無法放下堆積如山的工作，特地跑一趟印度參加廠商的婚禮。

總之，在接待外賓時講求賓主盡歡，「回請」或「不回請」看人的個性，不用抱過大的期望。

🔘 MP3 45

⓵ **The convenience stores sell all kinds of tea drinks.**

便利商店販賣各式各樣的茶飲。

接續著說

Some are sweetened and some are not. Some have milk and some don't. I'll help you read the label.
有些加糖，有些不加。有的有牛奶，有的沒有。我會幫您看標籤。

⓶ **They don't serve drinks so I'm going to get something from 7-ELEVEN. What would you like?**

他們不提供飲料，所以我打算去 7-11 買。您想喝什麼？

換句話說

I'll get some drinks at that FamilyMart. What can I get you?
我要去那家全家便利商店買一些飲料。我可以幫您帶點什麼嗎？

⓷ **Have you ever had a papaya milk shake?**

您喝過木瓜牛奶嗎？

接續著說

You can taste mine first and then decide if you want one. 您可以先嚐嚐我的，再決定要不要。

⓸ **Shaved-ice places also have lots of blended fruit drinks.**

刨冰店也賣很多種綜合果汁。

接續著說

I'll take you to my favorite one in the night market when we have time. 我們有時間的時候，我會帶您去夜市裡我最喜歡的那家。

⓹ **This cart has fresh squeezed and blended drinks. What's your poison?**

這個推車攤販賣新鮮現榨的綜合果汁飲料。您想喝什麼？

換句話說

This vendor makes fresh squeezed fruit drinks and smoothies. Care for one? 這家攤販做的是現榨果汁和冰沙。要來一杯嗎？

---

convenience store [kən`vinjənsˌstor] *n.* 便利商店 / **milk shake** [`mɪlkˌʃek] *n.* 奶昔 / **blended** [`blɛndɪd] *adj.* 數種混合的 / **cart** [kɑrt] *n.* 手推車 / **squeezed** [skwizd] *adj.* 壓榨的 / **What's your poison?** （口語）你想喝什麼？ / **smoothie** [`smuðɪ] *n.* 水果冰沙

6 **I'm feeling a little drowsy. Want to get a cup of coffee with me?**

我覺得有點睏。想不想和我一起去喝杯咖啡？

可以回答
I don't feel like coffee, but I'll go with you anyway. 我並不想喝咖啡，不過我還是陪你去。

7 **The basements of the big department stores have grocery stores. You can get a nice bottle of wine there.**

這家大型百貨公司的地下室有雜貨店。您可以到那兒買瓶好酒。

接續著說
Some local grocery stores also carry imported wine. 有些本地的雜貨店也賣進口酒。

8 **Convenience stores have a decent selection of imported and domestic beer.**

便利商店有許多優質的進口和國產啤酒可供您選購。

接續著說
And a lot of cafés serve Belgian beer. 而且有不少小餐館都有賣比利時啤酒。

9 **You're looking for a bottle of tequila? Let me find a place that sells spirits.**

您想買瓶龍舌蘭酒？我來幫您找家賣烈酒的店。

接續著說
Any particular brands that you like? 您有喜歡什麼特定的牌子嗎？

---

drowsy [ˋdraʊzɪ] *adj.* 昏昏欲睡的 / **basement** [ˋbesmənt] *n.* 地下室 / **grocery store** [ˋgrosərɪˌstor] *n.* 雜貨店 / **carry** [ˋkærɪ] *v.* 販售 / **decent** [ˋdisn̩t] *adj.* 像樣的 / **selection** [səˋlɛkʃən] *n.* 可供選購的同類物品 / **imported** [ɪmˋportɪd] *adj.* 進口的 / **domestic** [dəˋmɛstɪk] *adj.* 國內的 / **café** [kəˋfe] *n.* 小餐館 / **Belgian** [ˋbɛldʒən] *adj.* 比利時的 / **tequila** [təˋkilə] *n.* 龍舌蘭酒 / **spirits** [ˋspɪrɪts] *n.* 烈酒（常用複數）

MP3 46

1. **They have oolong, jasmine, pu'er, and green tea.**

   他們有烏龍茶、茉莉花茶、普洱茶和綠茶。

   > 接續著說
   > Oh, and they also have black tea and eight treasures tea. 噢，他們還有紅茶和八寶茶。

2. **Would you like milk tea, lemon tea, or an herbal tea?**

   您想喝奶茶、檸檬茶、還是花草茶？

   > 接續著說
   > What size would you like? 您要多大杯的？

3. **Let's let the tea steep for a few more minutes.**

   我們讓茶再浸泡幾分鐘。

   > 接續著說
   > It's not quite ready yet. 它還沒有完全好。

4. **You can't visit Taiwan without trying a pearl milk tea.**

   您到台灣來不能不嚐嚐珍珠奶茶。

   > 接續著說
   > The balls are made of tapioca and really go well with the tea. 粉圓是用木薯粉做的，跟茶相當搭。

---

jasmine [`dʒæsmɪn] *n.* 茉莉花 / **treasure** [`trɛʒə] *n.* 財寶 / **herbal** [`hɝbl̩] *adj.* 草本的 / **steep** [stip] *v.* 浸泡 / **tapioca** [ˌtæpɪˋokə] *n.* 木薯粉 / **go with** 與……搭配

5 **If you like any of the teas we try, you can buy some to take home.**

如果您喜歡任何我們喝過的茶，可以買一些帶回家。

接續著說
The quality is good and the prices are reasonable. 這些茶的品質又好，價格又公道。

6 **How are you with caffeine? If it keeps you up, I'll order herbal or flower tea.**

您喝含咖啡因的飲料會有什麼影響嗎？如果喝了會讓您睡不著，我就會點花草茶或花茶。

換句話說
If caffeine makes you jittery, I'll get something without caffeine. 假如咖啡因會讓您心神不寧，那我就點不含咖啡因的。

7 **The tea goes from the pot into this small pitcher and then into these tall cups.**

把茶從茶壺倒入這個小壺裡，然後再倒入這些聞香杯中。

接續著說
The tray is here so that we can pour hot water over the pot. 這裡有托盤，所以我們可以把熱水淋在茶壺上。

8 **When someone pours you a cup, you can knock on the table with two fingers like this to say thanks.**

如果有人為您倒了一杯茶，您可以像這樣用兩個指頭敲敲桌子，表示謝意。

接續著說
Doing that will impress a tea connoisseur. 這麼做會讓喝茶的行家刮目相看。

---

caffeine [ˈkæfiɪn] *n.* 咖啡因 / **keep sb. up** 使某人睡不著 / **jittery** [ˈdʒɪtərɪ] *adj.* 忐忑不安的；心神不寧的 / **tall cup** [ˈtɔlˈkʌp] *n.* 聞香杯（較飲杯細長） / **tray** [tre] *n.* 托盤 / **pour** [por] *v.* 倒；灌 / **impress** [ɪmˈprɛs] *v.* 使印象深刻；使敬佩 / **connoisseur** [ˌkɑnəˈsɜ] *n.* 鑑賞家；行家

邀請

1 **How about going out for a drink?**
出去喝一杯如何？

換句話說

Want to get a drink? 想要去喝一杯嗎？

2 **You're up for a place where we can just chat, or do you want to go somewhere a little more fun?**
您想去我們可以純聊天的地方，還是去好玩一點的地方？

接續著說

I know a place with a nice patio. 我知道有個地方的露台很不錯。

3 **We have lots of choices: a local karaoke bar, a standard pub, or a place with lots of Westerners.**
我們有許多選擇：本地的卡拉 OK 店，一般的夜店，或是有許多外國人的地方。

接續著說

If you're into live music, we can go to a place with that, too. 假如您喜歡現場音樂，我們也可以去有現場音樂的地方。

在酒吧

4 **You feel like a beer or a cocktail?**
您想喝啤酒還是雞尾酒？

接續著說

Or maybe somewhere we can relax with some good wine? 或者也許找個可以喝點好酒放鬆的地方？

---

chat [tʃæt] v. 閒聊 / **patio** [ˋpɑtɪ͜o] n. 露台 / **standard** [ˋstændəd] adj. 標準的；一般的 / **Westerner** [ˋwɛstənə] n. 西方人；歐美人 / **live** [laɪv] adj. 現場的

5 **Let me get this** round.

這一輪我請。

This round is on me. 這輪算我的。

6 **I think we should** call it a night.

我想今晚我們喝到這裡就好了。

Are you ready to get out of here?
您打算閃人了嗎？

7 **Cheers. Here's to our health.**

乾杯。祝大家健康。

Salud. To the success of our project. 乾杯。祝我們的案子成功。

Cheers! 乾杯。

---

round [raʊnd] *n.* （酒的）一巡；一輪 / **call it a night**【口語】今晚到此結束 / **Salud** [sɑ`lud]（西語）乾杯（原意為「健康」）

待客必通技巧

招待外賓去酒吧時可以派上用場的實用語句，上述已討論得很多了。但點好了酒或飲料之後，為了避免坐在那面面相覷，可以事先想些有趣的話題來聊。

接待外賓時想討論業務相關話題的最佳策略，就是在氣氛或裝潢上較沒壓力的餐廳用餐。但若是在燈光昏暗、人聲鼎沸的酒吧邊喝酒邊討論業務，就不是個好主意。而適合在酒吧討論的話題有：體育賽事（尤其是美國人，很喜歡聚在 bar 內觀賞球賽，幫所支持的隊伍加油）、分享台灣文化、詢問外賓國家的特殊文化、家庭狀況、渡假景點等較輕鬆且可以拉近彼此距離的話題。

當然，酒後散會還是要貼心地將外賓送回飯店或幫他／她叫台計程車喔！

48 | 晚宴：基本事項
Banquet Meal: Basics

安排

1 **We'd like to invite you to attend our company's** end-of-the-year banquet.

我們想邀請您參加我們公司的尾牙。

換句話說

You're invited to our year-end banquet. We call it a "weiya." 請您來參加我們的年終聚餐。我們稱之為「尾牙」。

2 **It will be held on Thursday evening at 7:30. We'll provide transportation.**

晚宴將在星期四晚上七點舉行。我們會提供交通工具。

接續著說

There will be food and entertainment. You can also meet some of my colleagues. 到時有吃又有玩。您也可以見見我的一些同事。

3 **It'll be** semiformal, **so we'll have to** stop by **the hotel to change first.**

這會是半正式的場合，所以我們得先回飯店換一下衣服。

接續著說

Business-casual will be fine. 穿半正式半休閒服就行了。

用餐當中

4 **Watch what I do. Serve others first, and then take a little for yourself.**

看我怎麼做。先為別人夾菜，然後再夾一點給自己。

接續著說

Turn your chopsticks around to put food on someone's plate like this. 像這樣把筷子倒轉過來，以便把菜夾到別人的盤子裡。

5 **When you toast someone, hold the cup in both hands and say "ganbei."**

當您要跟別人敬酒時，用雙手握住杯子，然後說「乾杯」。

接續著說

Gan means "to dry" and bei means "cup." "gan" 的意思是「喝光」，"bei" 的意思是「杯子」。

6 **Can you please tell me why this is called a "lazy Susan"?**

能不能請您告訴我為什麼這個叫做「懶惰蘇珊」？

可以回答

Yes. It's from an advertisement that appeared in *Vanity Fair* in 1917 for a "Revolving Server or Lazy Susan." 好的，它源起於 1917 年《浮華世界》所刊登的一則廣告〈旋轉侍者或懶惰蘇珊〉

---

end-of-the-year / year-end banquet 尾牙 / **semiformal** [ˌsɛmɪˋfɔrml] *adj.* 半正式的 / **stop by** (順道) 作短暫停留 / **business-casual** [ˋbɪznɪsˋkæʒʊəl] *adj.* 半正式半休閒的 / **lazy Susan** [ˋlezɪ ˋsuzn̩] *n.* 餐桌中間的圓轉盤 / **advertisement** [ˌædvəˋtaɪzmənt] *n.* 廣告 / **revolving** [rɪˋvɑlvɪŋ] *adj.* 旋轉的

(◎) MP3 49

飲料

1. **They'll probably serve orange juice, guava juice, and Shaoxing wine.**
他們可能會供應柳橙汁、芭樂汁和紹興酒。

接續著說
Watch the clear liquor. It's quite strong. 小心清酒。它相當烈。

2. **They usually provide tea at the end of the meal, but I could order some now if you'd like.**
他們通常在餐後會上茶，但是如果您想喝，我現在可以幫您點。

接續著說
Just let me know. 跟我說一聲就行了。

3. **Would you like to try some rice wine?**
您要不要試試米酒？

接續著說
Just take a sip. You don't need to drink it all if you don't want to. 只要嚐一口就好。假如您不想的話，不用全部喝掉。

4. **I'd like to propose a toast to Mr. Smith.**
我想向史密斯先生敬一杯酒。

接續著說
Here's to our continued success. 祝我們能持續成功。

邀約餐敘

5. **Let's continue our discussion over lunch.**
我們吃午餐時再繼續討論吧。

換句話說
How about we go for a working lunch? 我們去吃個工作午餐怎麼樣？

6. **The director has invited us to dinner tonight.**
主管邀請我們今晚一起吃晚餐。

換句話說
We've been invited to dinner this evening by the director. 主管邀了我們今天晚上共進晚餐。

---

guava [ˋgwɑvə] *n.* 番石榴 / **liquor** [ˋlɪkə] *n.* 酒精飲料、烈酒 / **propose** [prəˋpoz] *v.* 提議（祝酒）

用餐當中

[7] **Why don't you sit here?**

您何不坐這裡？

We'll have you sit here. 我們會請您坐這裡。

[8] **The boss said that we should talk about anything except business. He wants us to enjoy ourselves.**

老闆說我們什麼都可以談，就是不要談公事。他希望我們能夠享受一下。

接續著說

Ask him anything you want and I'll translate. 您想問什麼就問，我來翻譯。

🔍 *Tips*

做客必通技巧

不論是正式的晚餐宴會或是上述例句內提到的受邀去老闆家用餐，都可以朝幾個方向準備：

- 服裝（dress code）：先詢問他人關於服裝的規定，以避免大家都是以 casual attire（輕鬆舒適的服裝）為主，就你一個人盛裝打扮的情況；或其他人都著 business apparel（商務套裝），而你卻穿 costumes（特殊造型服裝）的窘境。
- 伴手禮（souvenir）：台灣人作客時不喜歡兩手空空，兩串蕉似的出席。因此，去外賓或老闆家自然也會禮貌性地帶個伴手禮，例如：酒類或糕點……等。

另外，老外三不五時喜歡辦個 potluck party，也就是參加者各自帶一份食物到主辦人家中分享的派對。此時一般會事先詢問主辦人應帶什麼類型的食物，而通常都是從 appetizers（開胃菜）、main dishes（主食）、salads（沙拉）、desserts（甜點）、beverages（飲料）或 party goods（派對用品）等類型中選擇。

Part
5

觀光嚮導：玩樂篇

MP3 50

[1] Let's take a look at the map and decide where to go first.

我們看一下地圖決定先去哪裡。

> **接續著說**
> Which of the exhibits looks good to you? 您覺得哪些展覽看起來不錯？

[2] What I like about this place is the air conditioning during the summer.

我之所以喜歡這個地方，是因為夏天有空調。

> **接續著說**
> Ha. Well, the art collection is pretty good, too. 哈。嗯，藝術收藏也相當棒。

[3] Let me see if they have an English-speaking guide.

我問一下他們是否有英文導覽員。

> **接續著說**
> I think they have those headphone things you can listen to. 我想他們有耳機之類的東西可以讓您聽。

[4] There's a tea shop upstairs if you feel like sitting down.

如果您想坐下來休息一下，樓上有間茶館。

> **接續著說**
> I could go for a quick snack before we see any more. 在我們往下看之前，我可以去買點小吃。

---

take a look at 看一下 / **exhibit** [ɪgˋzɪbɪt] *n.* 展覽（品）/ **air conditioning** [ˋɛr kənˏdɪʃənɪŋ] *n.* 冷氣

5 **This place has a good collection of traditional and contemporary art.**

這地方收藏了一些不錯的傳統和當代藝術作品。

接續著說

Some of my favorites are the installation pieces. 我最喜歡的一些則是裝置藝術作品。

---

6 **Ooo ... That would look nice in my living room.**

喔……那件作品如果放在我的客廳會變好看的。

接續著說

Think you could lend me the money for it? Ha. Just kidding. 您覺得您可以借我錢去買嗎？哈，開玩笑的啦。

---

7 **I really (don't) like the colors. What do you think?**

我實在（不）喜歡這些顏色。您認為呢？

可以回答

I like the subject, but I'm not that into the technique. 主題我喜歡，但是技巧我就沒那麼愛了。

---

8 **Well, it's like they say, "Life imitates art." I think that's what this piece means.**

嗯……這就像有句話說的：「生活模仿藝術」。我想那就是這件作品所要傳達的。

接續著說

What's your take on this piece? 您對這件作品有什麼看法？

---

contemporary [kən`tɛmpə.rɛrɪ] *adj.* 當代的 / **installation** [.ɪnstə`leʃən] *n.* 裝設；裝置藝術 / **subject** [`sʌbdʒɪkt] *n.* 主題 / **technique** [tɛk`nik] *n.* 技術；技巧 / **imitate** [`ɪmə.tet] *v.* 模仿；仿效 / **one's take on sth.** 某人對某事的看法

🔊 MP3 51

① **There's an interesting exhibit at a gallery nearby that I'd like to take you to.**
附近一個美術館有個有趣的展覽，我想帶您去參觀。

〔接續著說〕
It's gotten some really good reviews. 它得到了一些相當不錯的評價。

② **It's a showcase for local artists that includes photography, sculpture, and mixed media.**
裡面展示所有本地藝術家的作品，包括攝影、雕刻和複合媒材作品。

〔接續著說〕
I think there's also some paintings, ceramics, and ready-mades. 我想還有一些繪畫、陶器和現成品。

③ **They may serve wine, but it's probably better to get something to eat first.**
他們可能會提供酒，但是或許先吃一點東西比較好。

〔接續著說〕
We could grab something at your hotel and then go over. 我們可以在您的飯店先吃點東西再去。

④ **This piece was done by an up-and-coming local artist.**
這件作品是由一位前途看好的本土藝術家所完成的。

〔換句話說〕
There's a lot of buzz about the artist who did this piece. 做出這件作品的藝術家引起了不少話題。

---

gallery [`gælərɪ] *n.* 藝廊；美術館 / **review** [rɪ`vju] *n.* 評論；檢閱 / **showcase** [`ʃo.kes] *n.* 陳列（櫃）/ **photography** [fə`tagrəfɪ] *n.* 攝影；攝影術 / **sculpture** [`skʌlptʃə] *n.* 雕刻品；雕像 / **mixed media** [`mɪkst`midɪə] *n.* 用多種材質或方法完成的作品 / **ceramics** [sə`ræmɪks] *n.* 陶瓷器（複數）/ **grab** [græb] *v.* 抓取（在此指「吃」）/ **up-and-coming** [`ʌpənd`kʌmɪŋ] *adj.* 進取的；有前途的

5 **I think you'd enjoy seeing some aboriginal dancing. There's a performance this evening.**
我想您會喜歡看一些原住民舞蹈。今天晚上有一場表演。

接續著說
And there's a traditional music performance later this week if you're interested. 假如您有興趣的話，本週稍後有一場傳統音樂演奏。

---

6 **The Lantern Festival display is really worth seeing. You've come at the right time of year.**
元宵節的花燈真的很有看頭。一年中您來對時間了。

接續著說
It's a must-see. 非看不可。

---

7 **There's a town nearby famous for its pottery. Would you like to check it out?**
這附近有個小鎮以陶瓷聞名。您想不想去看看？

接續著說
We can take a train out there. It takes about half an hour. 我們可以搭火車去那裡。大概要坐半小時。

---

8 **Would you like to have a seal made with your Chinese name?**
您想不想要一個刻有您中文名字的印章？

接續著說
Sometimes they'll carve it while you wait. 有時候你一面等，他們就一面刻。

---

aboriginal [æbəˋrɪdʒənl] *adj.* 原始的；土著的 / **performance** [pəˋfɔrməns] *n.* 演出；演奏 / **Lantern Festival** [ˋlæntən͵fɛstəvl] *n.* 元宵節 / **must-see** [ˋmʌstˋsi] *n.* 必看之物 / **pottery** [ˋpɑtərɪ] *n.* 陶器 / **check out**【口語】瞧瞧；看看 / **seal** [sil] *n.* 印章 / **carve** [kɑrv] *v.* 雕刻

MP3 52

1 **This building dates back to the Qing Dynasty, which lasted from 1644 to 1911.**

這棟建築物建於清朝。清朝從西元 1644 年開始，1911 年結束。

接續著說
That building was built by the Dutch during the seventeenth century. 那棟建築物是由荷蘭人在十七世紀時所興建的。

2 **This stone tablet explains when this place was built, who built it, and why.**

這塊石碑說明這個地方的興建時間、興建人和興建的動機。

接續著說
It also explains where the building materials came from. 它還解釋了建材是從哪裡來的。

3 **The pillar-and-beam construction you see is very earthquake-resistant.**

您看到的樑柱結構防震功能很好。

接續著說
This building has stood through many earthquakes. 這棟建築物挺過了許多次地震。

4 **The Japanese built the Presidential Palace. It opened in 1919.**

總統府是日本人興建的，於 1919 年開始啓用。

換句話說
This building was designed by a very famous architect: I.M. Pei. 這棟建築物是由一位非常知名的建築師所設計：貝聿銘。

5 **There used to be a wall surrounding the city. This gate is all that's left of it.**

這個城市以前有圍牆環繞，如今只剩下這座城門。

接續著說
Traditional Chinese cities had four gates at each of the compass points: north, south, east, and west. 傳統的中國城市在四個方位點會各開一個門：北、南、東、西。

6 **We can look to the past to understand the present.**

我們可以從過去了解現在。

接續著說
And perhaps predict the future. 或許還能預測未來。

---

date [det] *v.* 定年代 / **dynasty** [ˋdaɪnəstɪ] *n.* 朝代；王朝 / **last** [læst] *v.* 持續 / **(the) Dutch** [dʌtʃ] *n.* 荷蘭人（集合詞）/ **tablet** [ˋtæblɪt] *n.* 匾；碑 / **pillar** [ˋpɪlə] *n.* 柱子 / **beam** [bim] *n.* 橫樑 / **construction** [kənˋstrʌkʃən] *n.* 建築（物）/ **earthquake-resistant** [ˋɝθˏkwekrɪˋzɪstənt] *adj.* 抗地震的 / **Presidential Palace** [ˏprɛzəˋdɛnʃəl ˋpælɪs] *n.* 總統府（palace 原指「宮殿」）/ **architect** [ˋɑrkəˏtɛkt] *n.* 建築師 / **predict** [prɪˋdɪkt] *v.* 預測；預言

53 寺廟
Temples

---

1 **This is a** Confucian / Daoist / Buddhist **temple.**

這是一間孔子廟 / 道觀 / 佛寺。

接續著說
You can tell by the idols inside.
您可以從裡面的神祇分辨出來。

---

2 **People come here to ask the gods for guidance when making a big decision.**

當人們需要下重大決定時，會來此求神問卜。

接續著說
Different gods can help you with different issues. 不同的神明可以幫忙您解決不同的問題。

---

3 **Let me show you what to do.**

我來教您怎麼做。

接續著說
Just follow my lead. 只要跟著我做就行了。

---

4 **Hold the** incense **like this,** bow **three times, and then** stick **it in the** burner.

像這樣持香，鞠躬三次，然後把香插在香爐內。

換句話說
Hold the spirit money like this, put it near the opening, and then let it fly up the chimney. 像這樣拿著紙錢，擺在爐口附近，然後讓它往上飛進煙囪裡。

---

5 **Let's** cast lots. **Make a wish and throw them on the ground.**

我們來擲筊。許個願然後把筊丟在地上。

接續著說
Watch me. "Will the presentation be a success?" 看我怎麼做。「簡報會不會成功？」

---

6 **One up and one down means "yes." Two down means "can't tell." Two up means "no."**

一正一反表示「會」。二反表示「不知道」。二正表示「不會」。

接續著說
Nice! Look at that. "Yes." 好耶！您看，是「會」。

Confucian [kən`fjuʃən] *adj.* 孔子的；儒家的 / **Daoist** [`dauɪst] *adj.* 道教的 / **Buddhist** [`budɪst] *adj.* 佛教的 / **idol** [`aɪdl] *n.* 偶像；神像 / **issue** [`ɪʃju] *n.* 議題；問題 / **lead** [lid] *n.* 指導；榜樣 / **incense** [`ɪnsɛns] *n.* 香 / **bow** [bau] *v.* 鞠躬 / **stick** [stɪk] *v.* 插上 / **burner** [`bɜnə] *n.* 香爐 / **spirit money** [`spɪrɪt.mʌnɪ] *n.* 紙錢 / **chimney** [`tʃɪmnɪ] *n.* 煙囪 / **cast** [kæst] *v.* 投；擲 / **lot** [lɑt] *n.* 籤（cast lots 指擲筊）

來台必選行程

故宮博物院、古蹟寺廟都是讓外賓對中華文物深入了解的最佳體驗景點。建議讀者，在帶外賓去參觀這些古蹟前，最好自己先做功課，稍微了解古蹟或文物的相關背景，這樣一來就能夠帶給外賓更完整的文化體驗囉！

另外，除了名勝古蹟，外賓對 contemporary arts（現代藝術）也很熱衷！可以提供他們「傳統」與「現代」的表演行程供他們選擇，例如：「國劇」、「歌仔戲」或是「雲門舞集」的演出等。

MP3 **54**

1 **Would you like me to get a picture of you?**
您要不要我幫您拍張照？

換句話說
How about I take a picture of you? 我幫您拍張照怎麼樣？

2 **Let's take a picture together.**
我們合照一張吧。

換句話說
I think we should get a picture of us. 我想我們應該合照一張。

3 **How does the flash work on this thing?**
這部相機的閃光燈怎麼操作？

換句話說
Is the flash automatic, or is there something I have to push? 它是自動閃光，還是我必須按什麼鍵？

4 **OK, on three. One, two, Ms. Smith, lean to the left / right, three!**
好，數到三。一、二、……史密斯女士，往左 / 右靠……三！

接續著說
Oh, this is a good one. 噢，這張照得好。

5 **How many megapixels is that thing?**
那部相機是幾百萬畫素的？

接續著說
Can you control the settings manually? 能手動控制設定嗎？

6 **How do you move the pictures from the camera to a computer?**
您要怎麼把相機的照片傳輸到電腦？

換句話說
How do you turn off the flash? 閃光燈要怎麼關掉？

7 **Can your camera film video clips?**
您的相機可以拍攝影片嗎？

接續著說
That's why I got this phone. The video quality is as good as my camera. 那就是為什麼我會買這隻手機。影像品質跟我的相機一樣好。

8 **The image stabilization on this one is great, but the battery life isn't.**
這部相機的影像穩定度很棒，但是電池壽命則不然。

接續著說
It's also really good in low-light situations. 它在光線微弱的情況下也相當好用。

lean [lin] v. 靠；傾身 / **megapixel** [ˋmɛgəˌpɪksəl] n. 百萬畫素 / **film** [fɪlm] v. 拍攝 / **clip** [klɪp] n. （影片）剪輯 / **stabilization** [ˌstebḷəˋzeʃən] n. 穩定

🎵 MP3 55

1. **Have you ever been to a night market? It's crowed, but totally safe.**

   您以前去過夜市嗎？夜市很擁擠，但是非常安全。

   【可以回答】
   Yeah. The last time I was here I went to one. I'd like to go to a different one this time. 去過。上次我來的時候就有去。這次我想去不同的夜市。

2. **If we get separated, let's meet back here (at 9:00).**

   我們如果走散了，（九點）回到這裡碰面。

   【可以回答】
   Got it. 明白了。

3. **Let's get a milk tea while we browse around.**

   我們買杯奶茶一邊閒逛。

   【換句話說】
   How about some finger food while we browse around? 買點「手指食物」一邊閒逛如何？

4. **Wow. Look at that line. The food at this stall must be really good.**

   哇！瞧那排隊伍。這個攤位的食物一定很好吃。

   【接續著說】
   The more people there are, the better the food. 人愈多，東西就愈好吃。

5. **Are you looking for anything in particular? Maybe I can help you find it.**

   您在找什麼特別的東西嗎？或許我可以幫您找。

   【換句話說】
   Is there something in particular you'd like to buy? 您有特別想買的東西嗎？

6. **Let me know if you see anything you want to buy. I'll help you bargain.**

   如果您看到什麼東西想買的就告訴我。我會幫您殺價。

   【換句話說】
   If anything catches your eye, let me know. I'll help you bargain. 假如您看到什麼吸引您，告訴我一聲。我會幫您殺價。

---

browse [braʊz] *v.* 隨意觀看；瀏覽 / **finger food** [ˋfɪŋgɚˏfud] *n.* 手指食物（可用手指抓來吃的食物）/ **in particular** 特別；尤其 / **bargain** [ˋbɑrgɪn] *v.* 討價還價 / **catch one's eye** 吸引某人目光

⑦ **This** waving cat is supposed to **bring money into the shop. It's a good-luck thing.**

這隻在招手的貓被認為會幫店家招來財富，是個吉祥物。

接續著說

Some say the left paw raised brings in customers, while a raised right paw brings good luck and wealth. 有的人說，舉左掌是招來客人，舉右掌是招來好運和財富。

⑧ **There are some shops where you just can't bargain, but** it never hurts to **ask.**

有些店是沒辦法殺價的，但是問問看無妨。

換句話說

You can't always bargain with a vendor, but it never hurts to try. 你不見得每一次都能跟攤販殺價，但試試看無妨。

---

waving cat [`wevɪŋˋkæt] *n.* 招財貓 / **be supposed to** 被認為必須要；應該 / **paw** [pɔ] *n.* （貓、狗等的）足掌 / **It never hurts to** *v.* 做……無傷

🔍 *Tips*

來台必選行程

夜市是台灣的特有文化，外賓十之八九都會想去那邊逛逛、感受那種熱鬧的氛圍！有位加拿大籍外賓表示，他最喜歡台灣夜市人聲鼎沸的感覺，雖然加拿大的市集跟台灣夜市有點類似，但相較之下顯得冷清許多。如果下次外賓不想去 bar、想接觸比較 local 的活動時，帶他們到觀光夜市是不錯的選擇！

(MP3 56

---

[1] **Most places have a communal area and also private rooms.**
大部分的地方都有一個公共浴池和私人房間。

接續著說
I found some pictures on the Internet to give you an idea of what they're like. 我在網路上找了一些照片，您看了就知道那些地方是什麼樣子。

---

[2] **Drinking water and towels are always provided.**
通常會供應水和毛巾。

接續著說
You really need to remember to drink water while you're there. 您倒是要記得，泡的時候要喝水。

---

[3] **Some are indoor and some are outdoor. And some places have patios with really nice views.**
有些是室內池，有些是室外池。而有些地方有庭院，景色非常好。

接續著說
I prefer the indoor / outdoor ones. 我比歡喜歡室內／室外池。

---

[4] **Don't eat too much because the place we're going also serves pretty good food.**
不要吃太多，因為我們要去的地方也提供美食。

接續著說
After we get out of the water and dry off, we can eat in the dining area. 在我們離開水裡把身體擦乾後，可以去用餐區吃東西。

---

[5] **Put your stuff in a locker and take the key with you.**
把您的東西放進儲物櫃裡，鑰匙要帶在身上。

接續著說
Leave the big towel here and take the small one with you. 把大毛巾留在這裡，小毛巾帶在身上。

---

[6] **We have to take a shower first before we go in.**
進池前我們必須先沖澡。

接續著說
You can sit on that little stool if you'd like. 假如您願意的話，可以坐在那張小板凳上。

---

[7] **Careful. This pool is really hot.**

小心。這池水很燙。

接續著說

You can soak in there a few minutes, and then get in the cold pool. 您可以在那裡泡個幾分鐘，然後進冷水池。

[8] **You can dry off and relax a little in the dry sauna.**

您可以把身體擦乾，然後在蒸汽室放鬆一下。

換句話說

Let's sit in the dry sauna for a while. Drink some water first, though. 我們去蒸汽室坐一下。不過要先喝點水。

---

communal [`kamjʊnl] *adj.* 公共的；共有的 / **patio** [`patɪo] *n.* 庭院；中庭 / **take a shower** 沖澡 / **stool** [stul] *n.* 凳子

🔍 *Tips*

來台必選行程

英美人士到台灣來也認為泡湯是行程首選。雖然在他們的國家也有 hot spring（溫泉），不過相較之下，台灣的價格真是優惠太多了。

MP3 57

1 **The Lantern Festival** falls **on the fifteenth day of the first lunar month. We usually eat some glutinous rice balls called tangyuan.**

元宵節是農曆第一個月的第十五天。我們會吃一些湯圓。

接續著說

Tangyuan symbolize the full moon and the family getting together. 湯圓是象徵滿月和一家團圓。

---

2 **Zongzi are the special food for the Dragon Boat Festival.**

粽子是端午節的應景食物。

接續著說

According to legend, they were thrown into the river to keep the fish from eating the body of a famous poet who had drowned himself. 根據傳說，它被丟進河裡是為了避免魚去吃著名詩人投河自盡後的屍體。

---

3 **Chinese New Year falls in January or February.**

中國新年逢一月或是二月。

接續著說

It's a time to return home and spend time with the family, kind of like Thanksgiving or Christmas. 此時要返鄉跟家人團聚，就有點像是感恩節或耶誕節。

---

4 **People** set off firecrackers **and** fireworks **during the Spring Festival.**

人們在春節期間施放鞭炮和煙火。

接續著說

"Happy New Year" in Chinese is "xinnian kuaile." People also say "gongxi facai." "Happy New Year" 的中文是「新年快樂」。大家還會說「恭喜發財」

---

5 Tomb Sweeping Day **is in April. We visit the** graves **of our relatives.**

清明節在四月。我們都會到親人的墳墓去祭拜。

接續著說

We clean the grave site, burn incense, and put out food offerings. 我們會掃墓、焚香，並供俸祭品。

---

6 Mid-Autumn Festival **is celebrated in mid or late September each year, and everyone eats moon cakes on that day.**

中秋節是在每年九月月中或月底的時候，那一天每個人都會吃月餅。

接續著說

Since the 1980s in Taiwan, the custom has been to barbecue outdoors under the moon. 台灣在 1980 年代以後，習俗則成了在戶外賞月烤肉。

fall [fɔl] *v.* 逢 / **Dragon Boat Festival** *n.* 端午節（dragon boat 指「龍舟」）/ **legend** [ˋlɛdʒənd] *n.* 傳說 / **drown** [draʊn] *v.* 淹死 / **set off** 施放 / **firecracker** [ˋfaɪr͵krækə] *n.* 鞭炮；爆竹 / **fireworks** [ˋfaɪr͵wɜks] *n.* 煙火（複數形）/ **Tomb Sweeping Day** *n.* 清明節（掃墓節）/ **grave** [grev] *n.* 墳墓 / **site** [saɪt] *n.* 地點；場所 / **offering** [ˋɔfərɪŋ] *n.* 供品；捐獻物 / **Mid-Autumn Festival** *n.* 中秋節

🔍 *Tips*

和老外拉近距離

筆者身邊的老外對台灣的節慶活動都很熱衷。某年的雙十節，筆者的美國友人一早就從屏東到台北，打算參加遊行或觀賞煙火表演，但因為事前沒有先做好功課，而撲了空。

其實，若剛好將近節慶時，有外賓來訪，可以先提供他們交通部英文版網站（http://eng.taiwan.net.tw/），網站上列有台灣傳統節日概述、照片、詳細的節慶活動舉辦地點等，可以提供外賓很完善的旅遊資訊！

MP3 **58**

1 **Would you be interested in seeing a baseball game? I can get tickets.**
您有沒有興趣看場棒球賽？我可以去買票。

換句話說
If you're up for seeing a baseball game, I can get tickets. 假如您想看場棒球賽，我可以去買票。

2 **Would you like to see a martial arts exhibition?**
您想不想看武術表演？

接續著說
There's one coming up on Saturday. 星期六將舉行一場。

3 **If we get to the park early enough, we can see some people practicing the long sword.**
如果我們夠早到公園去，會看到一些練長劍的人。

接續著說
There's a teacher that meets with his students there. 有個老師會去那裡跟他的學生會合。

4 **Are you following the NBA playoffs?**
您有沒有密切注意 NBA 季後賽？

換句話說
Have you been watching the basketball playoffs? 您有沒有在看籃球的季後賽？

5 **I think your hotel room should have satellite TV.**
我想您的飯店應該有衛星電視。

接續著說
If not, the hotel bar should have the game on. 要是沒有的話，飯店的酒吧裡應該會播比賽。

6 **I know a sports bar where we could watch the World Cup.**
我知道有家運動酒吧，我們可以在那裡看世界盃足球賽。

接續著說
There should be a lively crowd there. It'll be fun. 那裡應該會人聲鼎沸，會很好玩的。

---

martial arts *n.* 武術 / **martial** [ˋmɑrʃəl] *adj.* 尚武的；好戰的 / **exhibition** [ˌɛksəˋbɪʃən] *n.* 展示；展覽會 / **sword** [sord] *n.* 劍；刀 / **follow** [ˋfɑlo] *v.* 跟隨；密切注意 / **playoff** [ˋpleˌɔf] *n.* 季後賽 / **satellite** [ˋsætlˌaɪt] *n.* 衛星；人造衛星 / **sports bar** [ˋsportsˌbɑr] *n.* 運動酒吧 / **World Cup** [ˋwɜldˋkʌp] *n.* 世界盃（足球賽） / **lively** [ˋlaɪvlɪ] *adj.* 生氣蓬勃的

MP3 59

1. **Do you play golf? My boss would like to take you to play a round.**

   您打高爾夫球嗎？我的老闆想帶您去打一輪。

   可以回答
   Great. I'm not a good golfer, but I love to play. / I'd like to, but I don't golf. 太好了。我高爾夫球打得不好，不過我很愛打。/ 我是很想，不過我不打高爾夫球。

2. **How about we go to a driving range tonight and hit some balls?**

   我們今晚去高爾夫練習場打幾球如何？

   可以回答
   Sure. If they have a putting green, I'd love to work on my putts too. 好呀。假如他們有推桿果嶺的話，我也想練練我的推桿。

3. **I'm not very good, but if you'd like to play a little tennis I could reserve a court for us.**

   我不太會打網球，但是如果您想要打，我可以去訂場地。

   可以回答
   I'm not very good either. In fact, I'm terrible. Could you give me a few pointers? 我打得也不是很好。事實上，我打得很爛。您能不能給我一些指點？

4. **Do you like basketball? Want to shoot some hoops?**

   您喜歡打籃球嗎？想去投幾球嗎？

   可以回答
   I'd love to. / Actually, I'm more of a football / soccer person. Want to kick a ball around instead? 想。/ 實際上，我是個比較愛踢足球的人。要不要改成去踢個幾球？

5. **Billiards is pretty popular here. Care to shoot some pool?**

   這裡非常流行打撞球。想不想去打幾桿？

   可以回答
   OK, but I get the first break. / All right, but let me warn you in advance: I'm horrible at pool. 好啊，可是我要先開球。/ 好，但是我可要事先警告你，我撞球打得很爛。

6. **A few of us in the office go bowling on Fridays. Would you like to come?**

   我們辦公室有幾個人星期五要去打保齡球。您要不要一起去？

   可以回答
   I'm there. / Oh, no. I've already agreed to go out with the engineering guys on Friday. 當然要。/ 噢，不了。我已經答應星期五要跟工程部的人出去。

golf [gɔlf] *n. / v.* 高爾夫球 / 打高爾夫球 / **round** [raʊnd] *n.*（高爾夫球賽中的）一局 / **driving range** *n.* 高爾夫球練習場（drive 在此指擊球）/ **putt** [pʌt] *n. / v.* 推桿 / 打推桿 / **reserve** [rɪˋzɝv] *v.* 預約；預訂 / **court** [kort] *n.*（網球、籃球等的）場地 / **pointer** [ˋpɔɪntɚ] *n.* 指點 / **shoot hoops** [ˋʃutˋhups] *v.* 投籃（hoop 指籃球的籃圈）/ **billiards** [ˋbɪljɚdz] *n.* 撞球（複數形）/ **shoot pool** [ˋʃutˋpul] *v.* 打撞球 / **pool** [pul] *n.* 撞球 / **go bowling** [ˋgoˋbolɪŋ] *v.* 去打保齡球 / **bowl** [bol] *n.* 保齡球

🔍 *Tips*

和老外拉近距離

商務環境中的 relationship establishment（關係建立）絕不是單靠冷冰冰的 email 溝通就可以達成的，最重要的還是要「有話聊」才行。「球類運動」常是老外工作之餘熱衷的活動。外賓來訪時，在週末清晨可以幫他們安排打場高爾夫球。依筆者經驗，很多案子都是在高爾夫球場上簽下的！

若是剛好遇到球季（足球、籃球、橄欖球等），可以邀他們到美式餐廳，邊用餐邊觀賞球賽。在餐廳或 bar 跟著同事或朋友一起為共同支持的球隊加油，可以很快地激發彼此間 teamwork（團隊）的氛圍！

MP3 60

---

1 **There should be some exercise equipment in your hotel.**

您的飯店應該有一些運動設施。

> 接續著說
>
> Our company also has a gym you could use. 我們公司也有健身房,您可以去用。

---

2 **If you're interested in working out, I have a guest pass for my gym.**

如果您對健身感興趣,我去的健身房有張招待證。

> 接續著說
>
> It has all the weight machines and cardio equipment. 它有全套的重量訓練機和心肺鍛鍊設施。

---

3 **It has all kinds of classes and a full weight room.**

裡面有各式各樣的課程,還有設備齊全的舉重室。

> 接續著說
>
> There's also a pool, whirlpool, and sauna. 裡面還有泳池、按摩池和三溫暖。

---

4 **Are you into any outdoor activities? I can help you arrange what you'd like to do.**

您對戶外活動有興趣嗎?如果您想做什麼運動,我可以幫您安排。

> 換句話說
>
> Paul told me you're an outdoor person. Would you like me to recommend a good hiking trail? 保羅跟我說,您是個喜歡戶外活動的人。您要不要我推薦一條不錯的健行步道?

---

5 **If you want to go swimming, I could help locate a good pool for you.**

如果您想去游泳,我可以幫您找一家好的游泳池。

> 換句話說
>
> I know of a nice pool if you'd like to swim some laps. 我知道有個不錯的泳池,假如您要游個幾圈的話。

---

6 **There are several rock climbing walls around. I'll look into rental equipment.**

這附近有幾處不錯的攀岩牆。我會去找出租裝備。

> 接續著說
>
> The best technical rock climbing in Taiwan is on the coast at Long Dong. 台灣最棒的技術攀岩是在龍洞海岸。

---

7 **I know a nice bike trail along the river. If you're interested, we could rent bikes this weekend.**

我知道沿河岸有條不錯的自行車道。如果您感興趣,這個週末我們可以去租腳踏車。

> 換句話說
>
> Let's rent some bikes and ride along the river this afternoon. There's a nice bike path. 我們去租些腳踏車,今天下午沿著河岸騎。那裡有條不錯的自行車道。

---

work out 健身 / **guess pass** n. 招待證 / **cardio** [`kɑrdɪo] adj. 心臟的 / **weight room** n. 有各種健身器材的舉重室 / **whirlpool** [`hwɜˌl.pul] n. 按摩浴池 / **bike path** [`baɪkˌpæθ] n. 自行車道

61 去 KTV
KTV: Singing

MP3 61

---

1 KTV has private rooms with couches where people take turns singing.

KTV 有私人包廂，裡面有沙發，人們可以輪流唱歌。

接續著說

You sing the lyrics of the song you pick over a backing track. 您就隨著所選歌曲的伴唱帶，把歌詞唱出來。

---

2 Karaoke is where you sing in front of everyone in the bar.

Karaoke 是在酒吧中的眾人面前唱歌。

接續著說

Sometimes there is a pianist for accompaniment. 有時候會有琴師伴奏。

---

3 If you don't want to sing, you don't have to. You can just kick back and eat.

您如果不想唱歌，可以不要唱。您可以放輕鬆和吃東西。

接續著說

Or have a few beers. After that, you might feel like singing. 或者是喝點啤酒。喝完之後您可能就會覺得想唱了。

---

4 Don't worry. There are lots of English songs that you can choose to sing. It'll be fun!

放心。有許多英文歌曲可供您選唱。會很好玩的！

接續著說

You don't need to sing the song well. The point is to sing it your way and have fun. 您不需要把歌唱得多好。重點是要放開來唱，開心就好。

---

5 Do you want to sing a duet with me? How about this song?

您想不想和我合唱？這首如何？

接續著說

The subtitles are color-coded to show us who is supposed to sing. 字幕標上顏色是為了告訴我們該換誰唱了。

---

6 Hey, you've got a good voice. That sounded nice.

嘿，您有副好嗓子。真好聽。

可以回答

Thanks. You're not too bad yourself. 謝謝。您本身也不賴。

---

take turns 輪流 / **backing track** *n.* 伴唱帶 / **kick back**【俚語】放鬆 / **duet** [du`ɛt] *n.* 二重唱；二重奏 / **color-coded** [`kʌlə`kodɪd] *adj.* 標示顏色的

[7] **Let me teach you how to sing this Chinese song. It's easy.**

我來教您唱這首中文歌曲。很簡單。

接續著說
When you sing in Chinese, you don't have to worry too much about the tones. 您在唱中文的時候，不必太在意聲調。

[8] **Let me know if you'd like anything to eat or drink.**

如果您想吃點什麼或喝點什麼，請告訴我。

可以回答
Order some coke and ice, please. 麻煩點一些可樂和冰塊。

[9] **Take a look at the menu. I'll help you order anything you'd like.**

您看一下菜單。您想叫什麼我幫您點。

接續著說
Or I'll teach you what to say, and you can try to order it. 或者我教您要怎麼說，您可以試著點點看。

[10] **The bill is NT$3,200. Split seven ways, everyone needs to pay $457.**

一共是新台幣三千兩百元。七人拆帳，一個人要付四百五十七元。

換句話說
The total is $3,200, so that works out to be about $450 each. 總共是三千兩百元，所以算下來每個人是四百五十元左右。

🔍 Tips

和老外拉近距離

老外下班後的休閒活動通常是去 bar 喝飲料、和同事 social（社交）。在台灣，同事下班後較喜歡約去 KTV 唱歌。筆者的外國同事在參與這種 KTV 唱歌活動時，剛開始會顯得有些不習慣。因為他認為每個人在 KTV 唱歌時不僅只有唱歌，還手舞足蹈地玩得很瘋呢！但過了一段時間習慣了之後，老外通常也可以融入歡樂的氛圍，跟著一起歡唱玩樂。除了英文歌之外，老外也很希望台灣同事教他們一些較簡單的中文歌曲，這也會是一個絕佳的中文練習機會！

62 健行
Hiking

MP3 62

① **The stairs are pretty** steep / slippery, **so be careful.**

階梯很陡／滑，要小心。

換句話說
Watch your step on those stairs.
留意腳下的這些階梯。

② **How are you doing? Want to take a rest?**

您還好嗎？要不要休息一下？

接續著說
Let's take a breather. There's a place with some shade. 我們歇一會兒吧。那裡有個地方有一些樹蔭。

③ **Let's** take a break **at this** pavilion. **We should drink some water.**

我們在這個涼亭休息一會兒。我們應該喝些水。

接續著說
Care for some fruit? I brought a bag of sliced apples. 想吃點水果嗎？我帶了一袋切片蘋果。

④ **Look at that huge** spider web **over there.**

您瞧那邊那個巨大的蜘蛛網。

接續著說
Wow! And look at the size of that spider! 哇！您看那隻蜘蛛有多大！

⑤ **Go** left / right **at the next fork.**

下一條岔路時往左／右。

換句話說
Stay to the left / right. 保持靠左／右。

⑥ **Let me get a picture of you in front of that sign.**

我幫您在那個指示牌前照張相。

接續著說
I'll use the timer to get a picture of us next to that sign. 我用定時裝置幫我們兩個在那個指示牌旁邊照張相。

---

steep [stip] *adj.* 陡峭的／**slippery** [`slɪpərɪ] *adj.* 滑的／**take a breather** 休息一下（breather 指短暫的休息）／**take a break** 休息／**pavilion** [pə`vɪljən] *n.* 涼亭／**spider web** [`spaɪdɚˌwɛb] *n.* 蜘蛛網／**timer** [`taɪmɚ] *n.* 定時器；計時器

🔘 MP3 63

---

1 **Do you want to go dancing? I know a place with a good DJ tonight.**

您想去跳舞嗎？我知道一個地方，今天晚上的 DJ 很棒。

換句話說

I don't know about you, but I feel like dancing. Interested in coming along? 我不曉得您想不想，但我想去跳舞。有興趣一起來嗎？

---

2 **See that guy over there? He's a pretty famous TV celebrity.**

您看到那邊那個人嗎？他是個蠻知名的電視名人。

接續著說

The woman with the short hair and glasses is the owner. 那個戴眼鏡的短髮女子是老闆。

---

3 **The bathroom is that way. Can I get you a drink while you're away?**

洗手間在那邊。您去的時候要不要我幫您拿杯酒？

可以回答

I could go for a water, thanks. 我喝杯水就好了，謝謝。

---

4 **Let's go dance for a while. We can work off some stress.**

我們去跳個舞吧，這樣可以釋放一些壓力。

接續著說

If you go up and dance on the stage, I'll do that presentation for you. 假如您上去舞台跳，我就替您做那場簡報。

---

5 **Let's go outside for a breath of fresh air. It's a little stuffy in here.**

我們出去外面透透氣，裡面有一點悶。

可以回答

Sure. I need a smoke. 好。我需要抽根菸。

---

6 **My boss wants to take you to an escort bar. Are you comfortable with that?**

我的老闆要帶您去有小姐作陪的酒吧。您習慣那種場合嗎？

接續著說

If not, I'll get you out of it. 如果您不習慣的話，我就幫您推掉。

---

celebrity [sɪˋlɛbrətɪ] *n.* 名人；名流 / **work off** 發洩；排除 **stress** [strɛs] *n.* 壓力；緊張 / **stuffy** [ˋstʌfɪ] *adj.* 通風不良的 / **escort** [ˋɛskɔrt] *n.* 隨侍者；陪伴者；護送者

Part
6

觀光嚮導：購物篇

🎧 MP3 64

1 **What are you looking for? Something formal or something casual?**
您要找什麼樣的衣服？正式的還是休閒的？

Are you looking for something formal or casual? 您要找正式的還是休閒的？

2 **How much do you want to spend? What's your price range?**
您打算花多少錢？您的預算範圍是多少？

What are you thinking of spending? 您考慮花多少錢？

3 **I'll take you to an area with lots of shops, and we can browse around.**
我會帶您去一個有許多商店的地方，這樣我們就可以到處逛逛。

Another option is to go to a big department store. 另一個選擇則是去大型百貨公司。

4 **I'll ask if they have more of this color in the back.**
我去問他們裡面還有沒有這種顏色的。

They might have more of this style in the back. 他們裡面可能還有更多這種款式的。

5 **They said they can order it for you. Can you come back tomorrow to pick it up?**
他們說可以幫您訂。您明天可以回來拿嗎？

Sure. That would be great. / No. That's OK. Tell them not to bother. 可以啊。那太好了。/ 不行。那沒關係。告訴他們不用麻煩了。

6 **Would you like to try that one? The dressing room is over there.**
您要不要試試那件？更衣室在那邊。

You should try that one. The fitting room is behind that curtain. 你應該試試那件。試衣間就在布簾後面。

formal [ˋfɔrml] *adj.* 正式的 / **casual** [ˋkæʒuəl] *adj.* 非正式的；不拘禮節的 / **price range** *n.* 價錢範圍；預算範圍 / **pick up** 取（某物）/ **bother** [ˋbɑðə] *v.* 費心；打擾 / **dressing room** *n.* 更衣室 / **fitting room** *n.* 試衣間

7 **How does it fit? Do you need a larger or smaller size?**

合身嗎？您需要大一點還是小一點的尺寸？

換句話說

Is it too big or too small? 會太大或太小嗎？

8 **This is the biggest / smallest size they have.**

這是他們最大 / 小的尺寸。

換句話說

They don't have anything larger / smaller. 他們沒有更大 / 更小的了。

9 **They'll shorten the pants free of charge.**

他們會免費把長褲改短一些。

換句話說

Altering the pants is included in the price. 修改長褲包含在售價內。

10 **Do you like the color? I think it looks nice.**

您喜歡這個顏色嗎？我覺得很好看。

換句話說

That color is perfect. 這個顏色好極了。

11 **It looks nice on you.**

您穿起來挺適合的。

接續著說

But I think the other one is better. 可是我認為另一件更棒。

12 **Hmm. Maybe you should try this one.**

嗯。或許您應該試試這一件。

換句話說

That's not bad, but you might want to give this one a try. 還不賴，可是您或許會想試另外一件看看。

---

fit [fɪt] v. （衣服）合身；適合 / **shorten** [`ʃɔrtn̩] v. 使縮短；使減少 / **free of charge** 免費 / **alter** [`ɔltə] v. 改變；修改（衣物）

---

① **You need some "lens solution"? Can you tell me what that is for?**

您需要「鏡片溶液」（隱形眼鏡清潔藥水）？您可不可以告訴我那是做什麼用的？

> 接續著說
>
> Could you write that down for me? I'll Google it. 您能不能幫我把它寫下來？我上 Google 查一下。

---

② **"Lip balm"? What does it look like? Can you describe it for me?**

「嘴唇藥膏」（護唇膏）？長什麼樣子？可以請您為我形容一下嗎？

> 接續著說
>
> What kind of store usually sells it? Oh. I think I know what that is. 通常是在哪種店裡賣？噢。我想我知道那是什麼了。

---

③ **Watsons should have what you need. It has a big green sign.**

屈臣氏應該有您需要的東西。那家店有個大型的綠色招牌。

> 接續著說
>
> It has all of that personal care sort of stuff. 所有那些個人保養品它全都有賣。

---

④ **We should be able to find that at a department store.**

那東西我們在百貨公司應該可以找得到。

> 換句話說
>
> A department store should have what you're looking for. 百貨公司應該有賣您要找的東西。

---

⑤ **I think we can find what you're looking for at the supermarket downstairs.**

我想我們在樓下的超市可以買得到您在找的東西。

> 接續著說
>
> And if they don't have it, one of the hyper stores will. 假如他們沒有的話，某一家量販店也會有。

---

⑥ **I have a friend who can help us find that.**

我有個朋友可以幫我們找那個東西。

> 接續著說
>
> Let me call him / her. 我來打電話給他 / 她。

---

lens [lɛnz] *n.* 鏡片 / **solution** [sə`luʃən] *n.* 溶劑；溶液 / **lip balm** 護唇膏 / **hyper store** [`haɪpə‚stɔr] *n.* 量販店

🎧 MP3 66

① **You need some glue to fix your suitcase? Let's try a hardware store.**
您需要接著劑來修理您的行李箱？我們到五金店去找找。

> **接續著說**
> A place like B&Q will have that sort of thing, too. 特力屋之類的地方也有賣這種東西。

② **Your glasses are broken? No problem. There's an optometrist nearby.**
您的眼鏡破了？沒問題，附近有家眼鏡行。

> **接續著說**
> Can I see them? They should be repairable. If not, you can get a new pair right away for a reasonable price. 我可以看一下嗎？應該修得好才對。假如修不好的話，您可以立刻配一副價錢合理的新眼鏡。

③ **We can get batteries at a convenience store. What size do you need?**
我們可以在便利商店買到電池。您需要幾號的？

> **接續著說**
> Electronics stores carry batteries too. 電子產品店也有賣電池。

④ **If you need packing tape, let's check a stationery store.**
如果您需要打包用的膠帶，咱們可以到文具店去看看。

> **接續著說**
> One of the secretaries might have some we can borrow. 那幾個秘書之一可能會有，我們可以借一下。

⑤ **Looks like you need a cheap suitcase to get your souvenirs home. I know a place.**
看來您需要一個便宜的行李箱把紀念品帶回去。我知道有個地方。

> **接續著說**
> In fact, I have an old piece of luggage I'll just give you. I don't use it anymore. 事實上，我有一個舊行李箱可以直接給您。我已經不使用了。

⑥ **Need a USB cable for your computer? I've got one I can lend you.**
您的電腦需要 USB 接線嗎？我有一條可以借給您。

> **換句話說**
> You forgot to bring the charger for your cell phone? Let me see your phone. 您忘了帶行動電話的充電器？讓我看一下您的電話。

---

glue [glu] *n.* 膠水；接著劑 / **hardware** [`hard.wɛr] *n.* 金屬器件；五金器具 / **optometrist** [ɑp`tɑmətrɪst] *n.* 驗光師；配鏡師 / **repairable** [rɪ`pɛrəbl] *adj.* 可修理的 / **reasonable** [`riznəbl] *adj.* 合理的；公道的 / **electronics** [ɪ`lɛk`trɑnɪks] *n.* 電子儀器（複數形）/ **battery** [`bætərɪ] *n.* 電池 / **packing tape** *n.* 打包用膠帶 / **stationery** [`steʃənɛrɪ] *n.* 文具 / **charger** [`tʃɑrdʒə] *n.* 充電器

接待經驗談

在便利商店、賣場、百貨公司林立的大都市內，不論是日常用品或服飾配件，平常都可以輕鬆取得。對老外來說，與其帶他們逛大型的購物商場（shopping mall），還不如帶他們逛有特色的 local 小店。

像是筆者所接待過的一位加拿大籍的客戶，非常喜歡台北小街巷內的皮件專賣店，因為在那裡可以把姓名烙在皮件上、打造自己專屬的紀念品。

67 電子產品
Electronics

 MP3 67

[1] **What exactly are you looking for? Can you show me a picture?**
您究竟在找什麼？能不能拿張圖片讓我看看？

接續著說
Send me a few links from Google Images to give me an idea. 寄個 Google 圖片的連結給我，好讓我有個概念。

[2] **The electronics market has lots of private vendors. Let's browse around a bit first.**
電子產品商場有許多私人店舖。我們先四處逛一下。

接續著說
The prices can differ quite a bit sometimes. 價錢有時候會差得有點多。

[3] **The price includes the hard drive, the case, and formatting the disk.**
這價格包含硬碟機、外殼，和磁碟格式化。

接續著說
You could also consider getting a solid-state drive. 您也可以考慮買個固態硬碟。

[4] **This one has a lifetime warranty.**
這個產品有終生保固。

接續著說
The company will probably go bankrupt before you use the warranty. Ha. 在你用到保固前，公司大概就會破產了。哈。

[5] **All of the cables and accessories are over here.**
全部的電線和配件都在這邊。

換句話說
Cables and accessories are over this way. 電線和配件在這邊。

[6] **Memory cards are all on the second floor.**
記憶卡都在二樓。

接續著說
Flash drives and card readers are up there as well. 隨身碟和讀卡機也在上面那邊。

---

hard drive *n.* 硬碟機 / **format** [`fɔrmæt] *v.* 為……編排格式；格式化 / **solid-state drive** *n.* 固態硬碟；保固單 / **lifetime** [`laɪf.taɪm] *adj.* 終身的 / **warranty** [`wɔrəntɪ] *n.* 保證書 / **cable** [`kebl] *n.* 電纜 / **accessory** [æk`sɛsərɪ] *n.* 配件；附件 / **memory card** *n.* 記憶卡 / **card reader** *n.* 讀卡機

接待經驗談

在台灣平均每人都有一到二台電子用品，手機、平板、筆記型電腦等幾乎都算是基本配備。但並不是所有國家都是一樣的狀況。在印度，電子產品相當昂貴，所以每當印度軟體工程師來台時，他們最喜歡購買電子產品。

筆者之前在外商軟體公司上班時，只要有印度籍同事生日，大夥都知道送「電子產品」一定最合適。下次招待印度廠商時，建議你也可以介紹他們既優惠又實用的電子產品集散地，讓他們好好逛個夠！

🎵 MP3 **68**

---

1 **I could take you to get a cheongsam. You could even get one tailor-made, if you'd like.**

我可以帶您去買旗袍。您甚至可以訂做一件，假如您想要的話。

> **接續著說**
> They're that kind of close-fitting Chinese dress with slits up the sides. You can also just call them "qipao." 它們就是那種緊身、旁邊有開叉的連身裙。您也可以就叫它們「旗袍」。

---

2 **I have an American friend who's crazy about pineapple cakes.**

我有個美國朋友超愛鳳梨酥的。

> **換句話說**
> A German colleague of mine swears by the wasabi peanuts. 我有一位德國同事極力推薦芥茉花生。

---

3 **I'm sure you could get that cheaper at the duty-free shop at the airport.**

我相信您可以在機場免稅商店用更低的價錢買到那個。

> **換句話說**
> The airport duty-free shop would also be a good place to get that. 機場免稅商店也是買那樣東西的好地方。

---

4 **If you want a personalized gift, how about getting a name chop?**

如果您希望禮物具有個人風格，弄顆印章如何？

> **接續著說**
> They look great and they're not expensive at all. 它看起來很棒，而且一點都不貴。

---

5 **There's a handicraft store near here. I bet you could find something you would like.**

這附近有家手工藝品店。我確信您一定可以找到您想要的東西。

> **接續著說**
> Or there's a good market for T-shirts and knock-off stuff I can take you to. 或者有一家不錯的市場有賣圓領衫和山寨品，我可以帶您去。

---

6 **A lot of people buy these little good-luck charms when they visit the temple.**

許多人在參觀這座廟的時候會買這些小幸運符。

> **接續著說**
> You could buy a bunch and pass them out in the office as souvenirs. 您可以買一批拿去辦公室當伴手禮送人。

---

cheongsam [tʃiaŋ`sam] *n.* 中國旗袍 / **tailor-made** [`telə`med] *adj.* 量身訂作的 / **close-fitting** [`klos`fɪtɪŋ] *adj.* 緊身的 / **slit** [slɪt] *n.* 裂縫 / **be crazy about** 醉心於；熱中於 / **swear by** 極力推薦 / **duty-free** [`djutɪ`fri] *adj.* 免稅的 / **name chop** *n.* 私章；印章 / **handicraft** [`hændɪ͵kræft] *n.* 手工藝 / **bet** [bɛt] *v.* 敢斷定；確信 / **knock-off** [`nak͵ɔf] *n.* 山寨版 / **charm** [tʃɑrm] *n.* 護身符；符咒

接待經驗談

外賓喜歡買別具特色、價格合理的小物品來當紀念品。曾有英國來的外賓告訴筆者，在英國買紀念品（souvenirs）很昂貴，一個小東西即使是台幣的千元起跳也很尋常。但是在台灣就很幸福了！不僅品質優等，同時價格又很合理。

如果外賓有時間的話，可以帶他們到稍具特色的工藝品店挑選紀念品，T- 恤、茶具組或台灣的陶瓷製品等都很受歡迎。

69 銷售與殺價
Sales and Bargaining

🎧 MP3 **69**

---

1 **The items here are all twenty percent off. Those are two for one.**

這裡的這些東西全部打八折。那些則是買二送一。

接續著說
And the stuff there is 50% off the lowest marked price. 那裡的東西是最低標價打五折。

---

2 **If you spend more than four hundred, he'll take 15% off.**

如果您消費超過四百元，他會打八五折。

換句話說
If you buy five, she'll throw in one more for free. 假如您買五件，她就免費多送一件。

---

3 **She says she can't go lower than $200. Let's just walk away.**

她說不能低於兩百元。那我們走吧。

接續著說
She'll probably follow us with a counter offer. 她很可能會追著我們討價還價。

---

4 **He says he'll sell it for $150. What's your bottom line?**

他說要賣一百五十元。您的底線是多少？

接續著說
How much are you willing to spend? I wouldn't spend more than $100 for it. 您願意出多少錢？我不會出超過一百元。

---

5 **It may be a little cheaper if you pay cash.**

如果付現會便宜一點。

接續著說
If you don't have enough, I can spot you. 您如果錢不夠，我可以借您。

---

marked price *n.* 標價 / **throw in** 額外贈送 / **counter offer** *n.* 討價還價 / **bottom line** *n.* 底線；最後結果

6 **Do you have any smaller bills?**

您有小鈔嗎？

7 **I don't know if they take credit cards. Let me ask.**

我不知道他們是否接受刷卡。我來問問看。

8 **You can apply to have your tax refunded when you leave the country.**

您離開本國時可以申請退稅。

---

bill [bɪl] *n.* 鈔票；紙鈔 | **traveler's check** 旅行支票 | **apply** [ə`plaɪ] *v.* 申請 | **tax** [tæks] *n.* 稅 | **refund** [rɪ`fʌnd] *v.* 退款

🔍 *Tips*

老外也愛殺價！？

筆者尚未進外商公司之前，總會有個印象是：老外似乎不會喜歡像本地人一般，在購物時喜歡討價還價，而是看到 list price（定價）就會掏出現金，很「阿莎力」地付帳。到後來進外商接觸很多北美人士（美國／加拿大）之後，才漸漸發覺他們覺得在台灣購物 bargain（殺價）這件事很有趣。原來，其實老外和我們對殺價有相同的想法！下次除了帶外賓去 shopping malls 購買不二價高檔貨之外，也別忘了帶他們去夜市購物，享受一下殺價的樂趣喔！

Part 7

與賓客閒聊

MP3 70

1. **The population here is about the same as Canada—23 million.**
   這裡的人口和加拿大差不多——二千三百萬人。

   接續著說
   Even Australia has fewer people. 連澳洲的人口都比它少。

2. **Taiwan has over eight thousand convenience stores—that's the world's highest store-to-person ratio.**
   台灣大約有八千家便利商店——以商店和人口比例而言，居世界之冠。

   接續著說
   Phone and utility bills can be paid at convenience stores. 電話費和水電費都可以去便利商店繳。

3. **Our news media is like paparazzi—they don't let anything get by them.**
   我們的新聞媒體就像狗仔隊——他們絕不錯過任何線索。

   接續著說
   One of the newspapers pioneered using computer animation to illustrate the sensational stories. 其中一家報紙率先採用電腦動畫來描繪聳動的報導。

4. **Trends and gossip spread and mutate very quickly here.**
   這裡的流行和八卦散布、變質得非常快。

   接續著說
   It's probably because we are a densely-populated island. 這大概是因為我們是個人口稠密的島。

5. **People here speak Mandarin and Taiwanese.**
   這裡的人說國語和台語。

   接續著說
   Not to mention other languages and dialects-like the one coming out of my mouth right now. Ha. 其他的語言和方言就不用說了，就像是我現在所說的這種話。哈。

6. **The richest man in Taiwan is worth over five billion U.S. dollars—or so they say.** 台灣第一富豪的身價大約是美金五十億——聽說是如此。

   接續著說
   A lot of people with money establish non-profit organizations to avoid tax. 有很多有錢人都成立了非營利組織來避稅。

---

population [ˌpɑpjəˈleʃən] *n.* 人口 / **convenience store** *n.* 便利商店 / **ratio** [ˈreʃo] *n.* 比率；比例 / **news media** *n.* 新聞媒體 / **paparazzi** [ˌpɑpəˈrɑtsɪ] *n.* 狗仔（為 paparazzo 的複數）/ **get by** 通過；躲過 / **pioneer** [ˌpaɪəˈnɪr] *v.* 首倡 / **animation** [ˌænəˈmeʃən] *n.* 動畫 / **sensational** [sɛnˈseʃənl] *adj.* 聳動的 / **mutate** [ˈmjutet] *v.* 突變；變化 / **densely-populated** [ˈdɛnslɪˈpɑpjəˌletɪd] *adj.* 人口稠密的 / **non-profit organization** *n.* 非營利組織

71 天氣：溫度
Weather: Temperature

MP3 71

溫度

1. **It's about twenty degrees Celsius. That's almost seventy degrees Fahrenheit.**
   氣溫大約是攝氏二十度。華氏的話幾乎是七十度。

換句話說
Twenty degrees Celsius is about seventy degrees Fahrenheit. 攝氏二十度差不多是華氏七十度。

2. **It's going to get up into the low thirties today.**
   今天氣溫會升到三十一、二度。

換句話說
Today, the temperature will reach the low thirties. 今天氣溫會接近三十一、二度。

炎熱

3. **Hot enough for you?**
   對您而言夠熱嗎？（您很熱吧？）

接續著說
Today's a real scorcher. 今天真是熱斃了。

4. **The humidity is what makes it feel so hot.**
   因為濕氣重所以會覺得特別熱。

寒冷

5. **The winters here are really cold and damp.**
   這裡的冬天真的是又濕又冷。

接續著說
Luckily, the winters are usually short. 所幸冬天通常很短。

6. **Are you going to be warm enough? It's pretty chilly outside.**
   您這樣真的夠暖和了嗎？外面很冷。

接續著說
You might want to wear a jacket or sweatshirt or sweater or something. 您可能會想穿件夾克、長袖運動衫、毛線衣或什麼的。

Celsius [ˋsɛlsɪəs] *n.* 攝氏 / **Fahrenheit** [ˋfærənˌhaɪt] *n.* 華氏 / **the low thirties** 三十一、二度 / **scorcher** [ˋskɔrtʃə] *n.* 大熱天 / **humidity** [hjuˋmɪdətɪ] *n.* 濕氣；濕度 / **damp** [dæmp] *adj.* 潮濕的 / **chilly** [ˋtʃɪlɪ] *adj.* 寒冷的 / **sweatshirt** [ˋswɛtˌʃɜt] *n.* 長袖運動衫

1. **It might cool off tonight, so I'd take a jacket.**

   今天晚上可能會變涼，所以我要帶件夾克。

   > 換句話說
   > You might want to take a jacket because the temperature might drop off later. 您可能會想帶件夾克，因為晚一點的氣溫可能會下降。

2. **It's going to be clear tomorrow.**

   明天天氣會變晴朗。

   > 換句話說
   > Tomorrow should be nice. 明天天氣應該不錯。

3. **It might rain tomorrow afternoon, so bring an umbrella.**

   明天下午可能會下雨，所以最好帶把傘。

   > 接續著說
   > If you don't have one, I have one you can borrow. 假如您沒有的話，我有一把可以借您。

4. **The news said we might get some snow in the mountains.**

   新聞報導說山上可能會下雪。

   > 接續著說
   > And there might be some thunder showers where we are. 而我們這裡可能會下一些雷陣雨。

5. **It's going to be hot tomorrow, so everyone needs to drink plenty of water.**

   明天會很熱，所以我們必須多喝水。

   > 換句話說
   > Be sure to stay hydrated tomorrow--it's going to be hot. 明天一定要隨時補充水分，天氣會很熱。

6. **If there's a typhoon, we'll have to stay indoors.**

   如果明天颱風來襲，我們就得待在室內。

   > 接續著說
   > You'll have to stock up on some groceries. 您必須儲備一些乾糧。

---

cool off 變涼 / **clear** [klɪr] *adj.* 晴朗的 / **hydrated** [ˋhaɪˌdretɪd] *adj.* 有足夠水分的 / **stock up** 儲備

7 **You've come at the right / wrong time of the year.**

您來對 / 錯季節了。

This is a good / bad time of the year to be here. 現在來這裡是不錯 / 不好的季節。

---

8 **It's probably going to be cloudy all week.**

整個禮拜可能都會是陰天。

It's probably going to rain in the afternoons all week. 整個禮拜的下午可能都會下雨。

---

9 **It might take a while to get used to the humidity.**

可能要花一些時間才能習慣潮濕的氣候。

Depending on where you're from, the humidity might take a while to get used to. 看您是從哪裡來的，可能要過一陣子才會習慣潮濕的氣候。

---

10 **Is this your first time here?**

這是您第一次到此地嗎？

This is your first time here, right? 這是您第一次來到此地，對嗎？

---

11 **If there's anything special you'd like to do while you're here, just let me know.**

在此地的期間，您如果想要做什麼特別的事，儘管告訴我。

I grew up here, so I should be able to help you out. 我是在這裡長大的，所以我應該能幫上您的忙。

---

12 **If you have any free time, I'd be happy to show you around.**

如果您有空，我很樂意帶您到處逛逛。

If you have some downtime, I can take you for a little sightseeing. 假如您有點空檔，我可以帶您稍微去觀光一下。

---

get used to 習慣於 / **humidity** [hjuˋmɪdətɪ] *n.* 濕氣；濕度 / **show sb. around** 帶某人到處逛逛 / **downtime** [ˋdaʊn.taɪm] *n.* 空檔

利用閒聊氣候破冰！

與老外剛認識時，不太可能立即討論太深入或私人的事，而最安全的話題是天氣。當你剛認識某外賓，可以輕鬆地問他 "What's the weather like in your country?"（在你的國家天氣狀況是怎樣的？）來打開話題。

聊天氣可作為破冰開場，不過知道更多描述天氣的說法，跟老外聊天氣才會「有料」。下方為讀者匯整更多關於形容「天氣狀況」的說法：

sunny 陽光普照的	cloudy 多雲的
clear 晴朗的	hazy 有薄霧的
foggy 霧濃的	windy 刮風的
humid 潮濕的	rainy 下雨的
snowy 下雪的	hail 冰雹
lightning 閃電	thunderstorm 大雷雨
hurricane 颶風	tornado 龍捲風
drizzle 毛毛雨	tsunami 海嘯
muggy 悶熱的	damp 潮濕的
blistering hot 極熱的	arid 乾燥的
blizzard 暴風雪	cyclone 暴風／旋風
monsoon 雨季	Indian summer 秋老虎
black ice 黑冰；透明薄冰	ice storm 冰風暴

MP3 73

① **I was born and raised in Kaohsiung.**
我是在高雄出生長大的。

> 換句話說
> I'm originally from Kaohsiung, but I've been living in Taipei for years. 我原本來自高雄，但是長年都住在台北。

② **I majored in English in college and spent a year in Canada.**
我大學時主修英文，並在加拿大待過一年。

> 接續著說
> I did two years in grad school and finished my MBA in 2011. 我讀了兩年研究所，並在 2011 年拿到了企管碩士。

③ **I've been working at Yoyodyne for two and a half years.**
我已經在友友戴恩工作了兩年半。

> 換句話說
> I started at Yoyodyne two and a half years ago. 我在兩年半前開始任職於友友戴恩。

④ **Before I joined Yoyodyne, I worked with TwinStar for about three years.**
我到友友戴恩上班之前，在雙子星工作了大約三年。

> 換句話說
> I was at TwinStar for about three years before I came to Yoyodyne. 我在雙子星服務了三年左右，才來到友友戴恩。

⑤ **I like reading, traveling, and gardening.**
我喜歡閱讀、旅行和園藝。

> 換句話說
> I like to read, to travel, and to garden. 我喜歡閱讀、旅行和園藝。

---

raise [rez] *v.* 養育 / **major (graduate)** [ˋmedʒɚ] ([ˋgrædʒʊˌet]) *v.* 主修 / **grad school** [ˋgræd ˌskul] *n.* 研究所 / **gardening** [ˋgɑrdṇɪŋ] *n.* 園藝

🎵 MP3 **74**

---

1. **I just got engaged last year. I plan to get married next spring.**

   我去年才訂婚。我打算明年春天結婚。

   接續著說

   Here's a picture of my significant other. 這是我另一半的照片。

---

2. **I don't have any kids yet, but I'm planning to.**

   我還沒有小孩，但是正在計劃生。

   換句話說

   No plans for children in the immediate future, but later on probably. 在最近的未來並沒有打算生小孩，但是過一陣子也許會。

---

3. **My sister has four kids. My nieces and nephews are cute, but they are a lot of work.**

   我的姊姊有四個小孩。我的外甥女和外甥們很可愛，但是他們挺麻煩的。

   接續著說

   Fortunately my brother-in-law earns enough to put them through college when the time comes. 所幸我姊夫賺的錢夠多，時候到時可以供得起他們念大學。

---

4. **I have two boys. Eight and eleven. They're a real handful.**

   我有兩個男孩，八歲和十一歲。他們實在很不聽話。

   換句話說

   My two girls are eight and eleven already. They grow up so fast. 我的兩個女兒已經八歲和十一歲了。她們長得真快。

---

5. **I have a twenty-year-old daughter. She's studying in France.**

   我有個二十歲的女兒，她在法國念書。

   換句話說

   My son is twenty-five. He's doing graduate work in the UK. 我兒子二十五歲了。他在英國念研究所。

---

6. **My son and daughter are three years apart.**

   我的兒子和女兒相差三歲。

   換句話說

   There are three years between my son and daughter. 我的兒子和女兒相差三歲。

---

engage [ɪn`gedʒ] *v.* 訂婚 **significant other** [`sɪgnɪfəkənt`ʌðɚ] *n.* 重要的另一半 / **niece** [nis] *n.* 姪女；外甥女 **nephew** [`nɛfju] *n.* 姪兒；外甥 **handful** [`hændfəl] *n.*【口語】難控制的人；棘手的事 **apart** [ə`pɑrt] *adv.* 相隔

巧妙拉近距離！

與人認識了之後，可以藉由聊到自己的狀況，讓對方更了解你，並且拉近彼此的距離。除了上述聊到自己與家庭狀況的實用句子外，可以運用的相關說法還有：

- **I'm single.**（我單身。）
- **I'm engaged.**（我訂婚了。）
- **I'm married.**（我結婚了。）
- **I'm divorced.**（我離婚了。）
- **I remarried.**（我再婚。）
- **Things didn't work out between us so we separated.**
  （我們處不來所以分居了。）

此外，常用的「親戚關係」有：

grandparents	祖父母
father-in-law	公公／岳父
mother-in-law	婆婆／岳母
sister-in-law	大／小姑
brother-in-law	大伯／小叔／（大小）舅子
uncle	叔叔／伯伯／舅舅
aunt	阿姨／嬸嬸／伯母
nephew	姪子／外甥
niece	姪女／外甥女
cousin	堂（表）兄弟／堂（表）兄妹
stepfather	繼父

注意，若對方不是很願意提到自己的家庭狀況，千萬不要咄咄逼人一直問。否則，當對方叫你 "Mind your own business."（管好你自己的事。）時就尷尬了。

🎵 MP3 **75**

---

1 **She's asking if you can take spicy food or not.**

她在問您能不能吃辣。

> 換句話說
> She wants to know if you like spicy food. 她想知道您喜不喜歡吃辣。

---

2 **She said you're really good at using chopsticks.**

她說您真的很會用筷子。

> 接續著說
> Where did you learn how to use them? 您是在哪裡學會用的？

---

3 **She really likes your skirt.**

她很喜歡您的裙子。

> 接續著說
> She says it looks really good on you. 她說您穿起來非常好看。

---

4 **He wants to know if you like it here.**

他想知道您喜不喜歡這裡。

> 換句話說
> He's curious about whether or not you like it here. Are you having a good time? 他很好奇您喜不喜歡這裡。您玩得愉快嗎？

---

5 **Believe me, you don't want to know what they're saying.**

相信我，您絕對不會想知道他們在說些什麼。

> 接續著說
> Ha. I don't think I even know how to translate that. If I did, it might hurt your ears. 哈。我想我甚至不曉得要怎麼翻譯才好。假如我把它翻出來的話，您可能會聽不下去。

---

6 **Actually, that's not Mandarin. They're speaking Taiwanese.**

其實他們說的不是國語。他們說的是台語。

> 換句話說
> They're speaking the local language, not Mandarin. 他們說的是方言，而不是國語。

---

good at sth. (+Ving) 善於做某事 / **chopsticks** [ˋtʃɑp.stɪks] n. 筷子（複數形）/ **hurt your ears** 傷害你的耳朵（聽不下去）

🔍 *Tips*

翻譯必通技巧

嘗試過幫外賓做中英翻譯的人通常有個困擾：「是要照字面翻呢？還是翻意義好呢？」。根據筆者的經驗，口語表達方面，當然還是以翻出意思為主。須知，中文和英文是兩個相當不同的語言，在許多情況下都不適合直譯。比方說，曾經有同事開會遲到了，一位台灣同事就把「他睡死了。」直接翻成 "He slept and died." 導致外賓聽得下巴都快掉了，直呼 "Really? What happened to him?"。殊不知，要說某人「睡死了」的英文是 "He was dead to the world."，其中的 "dead to the world" 有「睡得非常深沉」之意。

因此，在翻譯英文時，要盡量將「意思」翻得正確，而不是拘泥在字句上、逐字翻譯！

🔘 MP3 **76**

1 **How do you say "good night" in Chinese?**

"Good night" 的中文該怎麼說？

> **可以回答**
> Like this: "Wan an." 像這樣：「晚安」。

2 **Good morning is "zao."**

Good morning 就是「早」。

> **接續著說**
> Or you can also say, "zaoshang hao." 或者您也可以說「早上好」。

3 **To say, "It's raining," you should say "xiayu le."**

要說 "It's raining." 您就說「下雨了。」

> **接續著說**
> To pronounce "yu," say the "e" in "eat" and round your lips. 在發「雨」的時候，一面念 "eat" 裡的 "e"，一面把嘴唇噘成圓形。

4 **When you're full you should say "wo chi bao le."**

您吃飽的時候就說：「我吃飽了。」

> **接續著說**
> "Wo" means "I" and "chi" means "eat." "Bao" means "full." "Le" is there for grammar. 「我」是 "I" 的意思，「吃」是 "eat" 的意思，「飽」是 "full" 的意思，「了」則是文法助詞。

5 **You should know how to say hello: "Ni hao."**

您應該知道如何打招呼：「你好」。

> **接續著說**
> "Ni hao" means "hello," but when you answer the phone, you say "wei." 「你好」是 "hello" 的意思，可是在接電話的時候要說「喂」。

6 **You need to learn this one. "Thank you" is "xiexie."**

您必須學會說這個。"Thank you" 就是「謝謝」。

> **接續著說**
> And "thank you very much" is "feichang ganxie." Thank you very much 則是「非常感謝」。

---

round [raʊnd] *v.* 使成圓形

77 全世界的中文
Chinese in the World

MP3 77

1. **There are more than a billion Mandarin speakers in the world today.**
目前全世界說國語的人口超過十億。

接續著說
Mandarin is the lingua franca of the Chinese-speaking world. 國語是華語世界的通用語言。

2. **Most people in Taiwan can speak at least two languages.**
大多數的台灣人至少會說兩種語言。

換句話說
Many people here are bilingual. 這裡有許多人都能說兩種語言。

3. **I speak Mandarin, Taiwanese, Hakka, and a little English.**
我會說國語、台語、客家語，和一點英語。

接續著說
I can read much more English than I can speak. 我比較會看英文，但是不太會說。

4. **Actually, people in my grandparents' generation speak Japanese fluently.**
事實上，我祖父母那一輩的人日語說得很流利。

接續著說
They were educated during the Japanese colonial period. 他們是在日本殖民時期受的教育。

5. **I can't understand Cantonese at all.**
我對廣東話一竅不通。

接續著說
When Jackie Chan speaks Mandarin, he has a Cantonese accent. 成龍在說國語的時候，帶著廣東腔。

6. **I heard that Mandarin is starting to get pretty popular in the U.S.**
我聽說國語在美國開始變得很受歡迎。

接續著說
Lots of students come here to study it. 有很多學生都來這裡學。

---

billion [`bɪljən] *n.* 十億 / **at least** 至少 / **generation** [͵dʒɛnəˋreʃən] *n.* 世代 / **fluently** [ˋfluəntlɪ] *adv.* 流利地；流暢地 / **colonial** [kəˋlonjəl] *adj.* 殖民的 / **not at all** 一點也不

學習語言有撇步

每一次和不同國籍的外賓接觸時，也可以利用機會和外賓交流學習語言的經驗。

某次一位加拿大廠商說她在學德文時，除了多聽多讀之外，每天會多花一小時，將英文雜誌的文章直接口譯成德文給家教聽，若中間有用字錯誤或是說法不道地的地方，家教會隨即修正。不久即練就一顆「德文腦」。她興奮得說：「用這種方式學習，比跟人聊一般口語會話的效果還要好！」

Part
8

協助賓客解決問題

🎧 MP3 **78**

1 **You look a little tired. Are you feeling OK?**

您看起來好像有點累。您還好吧？

可以回答

Yeah, I'm fine. It's just the jet lag. Thanks for asking. 嗯，我沒事。只是時差在作祟。謝謝關心。

2 **It sounds like your cold is getting worse. How are you feeling?**

您的感冒聽起來變嚴重了。您現在覺得怎麼樣？

可以回答

I'm hanging in there, but I've got a sore throat, a runny nose, and congestion. 我在硬撐，可是我喉嚨痛、流鼻水又鼻塞。

3 **Do you have a fever?**

您發燒了嗎？

可以回答

I haven't taken my temperature, but it sure feels like I do. 我沒有量體溫，可是感覺起來肯定是發燒了。

4 **How's your knee feeling today? Is it any better than yesterday?**

您今天覺得膝蓋怎麼樣？有沒有比昨天好一些？

可以回答

It is. Icing it was a good idea. / Not really. I might need to see someone about it. 有。冰敷是個好主意。/ 沒好多少。我可能需要去看個醫生。

---

hang in there 堅持下去；撐住 / **sore throat** 喉嚨痛 / **runny nose** 鼻水 / **congestion** [kənˋdʒɛstʃən] n. 阻塞 / **fever** [ˋfivə] n. 發燒 / **icing** [ˋaɪsɪŋ] n. 冰敷

5 Do you have something to take for it?

您有藥吃嗎？

接續著說

Is it over-the-counter or prescription medicine? 是成藥還是處方藥？

---

6 It sounds serious. Maybe we should postpone your presentation.

聽起來很嚴重。或許我們應該將您簡報的時間延後。

可以回答

I think I can tough it out. You know what they say, "The show must go on." 我想我撐得過去。你知道有句俗話說：「戲得繼續唱下去。」

---

7 Why don't you just take the day off and rest? We can reschedule.

您為什麼不請一天假休息？我們可以重新安排時程。

接續著說

I won't take no for an answer. If push comes to shove, Paul can cover for you. 您不答應也不行。假如真的不行的話，保羅可以替您代打。

---

8 Let's go to the hospital to have it looked at.

我們去醫院檢查一下。

接續著說

That's where the best doctors are. You'll find the costs are quite reasonable. 那裡有最好的醫生。您會發現收費相當公道。

---

postpone [post`pon] *v.* 使延期 / **tough it out** 撐過去 / **take the day off** 休假一天 / **reschedule** [ri`skɛdʒʊl] *v.* 重新安排時間 / **when push comes to shove** 在迫不得已時 / **cover** [`kʌvə] *v.* 代理；暫代

接待好用句

不少人有水土不服的經驗，若感覺到外賓有不舒服的狀況，可以使用以下幾句話關心外賓：

- **How are you feeling?**（您現在身體感覺如何？）
- **You look pale. Are you all right?**（你臉色蒼白。你還好嗎？）
- **You have a bad cough. Do you want to see a doctor?**（你咳嗽很嚴重。要不要去看醫生？）

若外賓本身就有某些慢性疾病，那他／她應該會隨身攜帶藥品。若有其他突發狀況，最佳的辦法還是請醫生檢查，不要提供自己準備的成藥。筆者之前工作時，有位來自德國的廠商因天氣變化而咳嗽不止。有同事好意提供咳嗽藥給他，還強調說「在 China，人們都吃這種咳嗽藥。」那位德國廠商仍表明看醫生比較妥當。

MP3 79

① **I can go with you to the post office.**
我可以和您一起去郵局。

接續著說

I could arrange a messenger service to come pick it up, if you'd like. 我可以叫外送服務來取件，假如您要的話。

② **Two-day service costs NT$1,400.**
兩天送件的服務要一千四百元台幣。

接續著說

If you want it to get there any faster, you'll have to send it FedEx or DHL. 假如您要更快送到那裡的話，您就必須請聯邦快遞或 DHL 來送。

③ **Surface mail is the cheapest, but it'll take six to eight weeks to arrive.**
普通郵件最便宜，但是通常要六至八週才會送到。

接續著說

Regular airmail will take about a week. 一般航空郵件大概要一星期。

④ **Write the recipient's address here. Your hotel address goes here.**
收件人的地址寫在這裡，您的飯店地址寫在這裡。

接續著說

I can write the return address for you, if you don't mind. 我可以替您寫回郵地址，假如您不介意的話。

⑤ **You need to check this box and itemize the contents here.**
您必須在這個格子內打勾，然後在這裡詳列內容物。

接續著說

Also, don't forget to sign your name here. 還有，別忘了在這裡簽名。

⑥ **Seal the box and stick the label here. OK, it's ready to go.**
把箱子封好並在這裡貼上標籤。好了，一切就緒。

接續著說

I'll grab a number. We shouldn't have to wait long. 我來抽號碼。我們應該不必等很久。

messenger [ˋmɛsəndʒə] *n.* 信差；送信人 / **surface mail** *n.* 普通平信郵件；平信 / **airmail** [ˋɛr͵mel] *n.* 航空郵件 / **recipient** [rɪˋsɪpɪənt] *n.* 收信人；接受者 / **check** [tʃɛk] *v.* 打勾 / **itemize** [ˋaɪtəm͵aɪz] *v.* 詳列；逐項列記 / **contents** [ˋkɑntɛnts] *n.*（常用複數）內容 / **seal** [sil] *v.* 密封 / **stick** [stɪk] *v.* 黏貼 / **label** [ˋlebl] *n.* 標籤

MP3 **80**

① **You can send and receive faxes at convenience stores.**

您可以在便利商店傳送和接收傳真。

接續著說

You can also scan stuff there. But you can do all that at our office, too. 您也可以在那邊掃描東西。不過這些事您也可以全部在我們辦公室裡做。

---

② **Lots of places have wireless Internet access now.**

現在許多地方都可以無線上網。

接續著說

There's even Wi-Fi available on some busses. 某些公車上甚至有 Wi-Fi 可用。

---

③ **In a pinch, you can always use an Internet café to check your email.**

必要時，您可以利用網咖收發電子郵件。

接續著說

But there aren't as many as there used to be. I'll see if IT can lend you a notebook. 可是家數不像以前那麼多了。我來看看資訊部能不能借您一台筆電。

---

④ **We can get you a temporary cell phone account at a convenience store.**

我們可以在便利商店幫您弄一支臨時的手機門號。

接續著說

If you don't mind, I have an old cell phone I can lend you. 如果您不介意，我有支舊的手機可以借您。

---

⑤ **The tech people have a mobile phone you can use.**

技術人員有支行動電話可以給您使用。

接續著說

Remember to leave it with me or Paul before you go back. 在您回去前，記得把它留給我或保羅。

---

⑥ **Our intern can help you with any documents you need to print or copy.**

我們的實習生可以幫您處理須列印或影印的文件。

接續著說

He / she can also set you up in the office with a computer if you need it. 他 / 她也可以在辦公室裡幫您弄台電腦，假如您需要的話。

---

fax [fæks] *n. / v.* 傳真 / **in a pinch** 在必要時；在危急時 / **pinch** [pɪntʃ] *n.* 緊急情況 / **Internet café** [ˋɪntɚɛtkæˋfe] *n.* 網咖 / **temporary** [ˋtɛmpəˌrɛrɪ] *adj.* 臨時的；暫時的 / **account** [əˋkaʊnt] *n.* 帳戶；戶頭；門號 / **tech** [tɛk] *adj.* 技術的（為 technical 之略）/ **intern** [ɪnˋtɜn] *n.* 實習生 / **document** [ˋdɑrkjəmənt] *n.* 文件；證件

81 訪客的飯店出問題
Problems at Your Guest's Hotel

🎵 MP3 81

1 Is everything all right with the room?
您的房間一切都沒問題吧？

換句話說
How's the room? Any problems?
房間怎麼樣？有任何問題嗎？

2 I'll sort it out with the staff right away.
我會立刻找服務人員處理這個問題。

可以回答
Thank you so much. 感激不盡。

3 They'll be sending someone this afternoon to fix it.
他們今天下午會派人來修理。

換句話說
The problem will be taken care of this afternoon. 今天下午就會有人來處理這個問題。

4 Would you like to move to a different hotel or just another room?
您想換一家飯店還是換房間就好？

接續著說
I can ask about upgrading to a larger room. 我可以去問問看能不能升級到比較大的房間。

5 I'll have someone come by and take care of the bill for you.
我會請人過去幫您處理帳單。

換句話說
I'll take care of the hotel bill—don't worry about it. 飯店的帳單由我來處理就好，別擔心。

6 I'll come over right away.
我會立刻過來。

換句話說
I'm on my way. 我這就過來。

---

sort out 處理；解決 / **come by**（順路）到

接待經驗談

現在的商務旅店都很國際化，不論是餐飲、設備、交通或是休閒娛樂相關服務都很完善，如果外賓在飯店有任何問題（比如：網路不通、沒有熱水、需要多一條毯子等）都可以請飯店為他們服務。但遇到飯店無法解決的問題，切記不要透露出 "I don't know.", "There is nothing I can do." 的態度，而要以 "I'll try my best.", "Let me find out and get back to you." 的積極態度幫客戶解決問題。

筆者在外商工作期間，對當時某行銷經理接待外賓的貼心舉動感到印象深刻。一位美國客戶來台灣開會，回程時安排搭乘早晨八點的班機，但那客戶臨時想起再過兩日就是他女兒的生日，想在離開台灣之前買一隻 Hello Kitty 玩偶給他女兒當禮物。但是早上七、八點，百貨商店還未營業呢！正當這位美國客戶在傷腦筋的時候，公司的行銷經理立即聯絡飯店的精品業者，調來一隻 Hello Kitty 讓美國客戶帶回。當時那位美國客戶流露出驚訝又感謝的神情，最後不但贏得了客戶的心，案子也順利成交！

🎧 MP3 82

☐1 **There's a self-serve** laundry **room in the** basement**.**

地下室有個自助洗衣間。

> **換句話說**
> There are coin-op washers and dryers on B1. 地下一樓有投幣式的洗衣機和烘乾機。

☐2 **The hotel laundry service is too expensive. I can** recommend **a place.**

飯店的洗衣服務太貴了。我可以推薦您另外一個地方。

> **接續著說**
> You can walk there from the hotel. I'll draw you a map. 您從飯店就可以走到那裡去。我幫您畫張地圖。

☐3 **Let me know if there are any special cleaning** instructions**.**

如果有任何特別指示的洗滌方式，請告訴我。

> **接續著說**
> Make sure there isn't anything in the pockets. 確定一下口袋裡沒有任何東西了。

☐4 **It's NT$39 to wash and** press **a shirt.**

清洗和熨燙襯衫的費用是台幣三十九元。

> **接續著說**
> It's $200 to dry-clean a jacket. 乾洗夾克要兩百元。

☐5 **They can have it done tomorrow afternoon.**

他們明天下午就可以處理好。

> **接續著說**
> I can have Paul pick it up for you if you'd like. 假如您要的話，我可以請保羅去幫您領。

☐6 **Since you're going to be here for a while, I could lend you my** ironing board **and** iron**.**

您會在這裡待上一陣子。我會把我的燙衣板和熨斗借給您。

> **可以回答**
> That would be great if I could borrow them. Thanks. / That's OK. There's one in my room. 假如我可以跟你借的話，那就太好了。謝謝。/ 不用了，我房間裡有一副。

laundry [`lɔndrɪ] *n.* 要洗的衣物；洗衣店；洗衣間 / **basement** [`besmənt] *n.* 地下室 / **coin-op** [`kɔɪn`ɑp] *adj.* 投幣式的 / **washer** [`wɑʃə] *n.* 洗衣機（即 washing machine）/ **dryer** [`dʒaɪə] *n.* 烘乾機 / **recommend** [.rɛkə`mɛnd] *v.* 推薦 / **draw a map** 畫一張地圖 / **instruction** [ɪn`strʌkʃən] *n.* 指示；操作說明 / **press** [prɛs] *v.* 燙平（衣服）/ **dry-clean** [`draɪ`klin] *v.* 乾洗 / **ironing board** *n.* 燙衣板 / **iron** [`aɪɚn] *n.* 熨斗（可作動詞：熨燙）

🔊 MP3 **83**

1️⃣ **Oh, no! That's terrible. Where did you last see it?**

喔，不會吧！真是糟糕！您最後一次是什麼時候看到它的？

> 接續著說
>
> Try to retrace your steps. Where do you remember having it last?
> 試著循原路走回去看看。您還記得是在哪裡掉的嗎？

2️⃣ **Are you sure it's not back at the hotel?**

您確定沒有留在飯店裡嗎？

> 接續著說
>
> Did you leave it at the restaurant?
> 您有沒有把它留在餐廳裡？

3️⃣ **I'll call the MRT and see if someone turned it in. It may be in the lost and found.**

我會打電話到捷運站，看看是不是有人撿到交出來了。東西可能在失物招領處。

> 接續著說
>
> Which stations did you get on and off at? 您是在哪個站上車跟下車的？

4️⃣ **Did you leave it in the cab? Let me call the cab company.**

您是不是留在計程車裡了？我來打電話給計程車行。

> 接續著說
>
> Do you have a receipt from the taxi? It should have the car number on it. 您有沒有索取計程車的收據？上面應該會有車號。

5️⃣ **Did you see the person who stole it?**

您是否有看到偷東西的人？

> 換句話說
>
> Can you describe the person who took it? 您能不能描述一下把它拿走的人？

6️⃣ **We'll need to go to the local police station to file a report.**

我們必須去本地的警察局報案。

> 接續著說
>
> It would be a good idea to write a statement. 作個筆錄會是個好主意。

---

turn in 交出；歸還 / **lost and found** *n.* 失物招領處 / **cab** [kæb] *n.* 計程車（與 taxi 同）/ **describe** [dɪˋskraɪb] *v.* 描述 / **file** [faɪl] *v.* / *n.* 移……歸檔；提出（訴訟等）/ 檔案 / **statement** [ˋstetmənt] *n.* 聲明；報告書

84 電腦方面的問題
Computer Problems

🔘 MP3 84

---

[1] **Let me see what I can do.**

讓我看看我能做什麼。

> 接續著說
>
> Maybe Paul can figure out what's going on. 也許保羅可以搞清楚是怎麼回事。

---

[2] **I'll have one of our IT guys take a look at it.**

我會請一位我們的資訊部人員來看看。

> 接續著說
>
> If it's a software problem, he can fix it in-house, but if it's a hardware issue, we might have to send it out for repair. 假如是軟體的問題，他自己就修得好，不過如果是硬體的問題，我們可能就必須送去外面維修了。

---

[3] **I know a good repair shop.**

我知道有家維修廠很不錯。

> 接續著說
>
> Let's take it there and get an estimate. 我們把它送去那裡評估一下。

---

[4] **What kind of computer is it? There's probably an official repair shop in town.**

是哪種類型的電腦？本地可能就有原廠牌的維修廠。

> 接續著說
>
> Is it still under warranty? 它還在保固期嗎？

---

[5] **I have one that you can borrow.**

我有一台可以借您。

> 換句話說
>
> I have one that I can lend you. 我有一台可以借給您。

---

[6] **It might be easier to buy a new one.**

買一台新的或許會比較快。

> 接續著說
>
> I know a place that can probably get your files off the hard drive. 我知道有個地方或許可以幫您把檔案從硬碟裡轉出來。

---

in-house [`ɪn.haʊs] *adj.*（公司）內部的 / **hardware** [`hɑrd.wɛr] *n.* 硬體 / **repair** [rɪ`pɛr] *v. / n.* 修理 / **repair shop** *n.* 維修廠 / **estimate** [`ɛstə.met] *v.* 估價（單）/ **official** [ə`fɪʃəl] *adj.* 正式的；官方的

商務經驗談

通常外賓一般都會自己帶筆記型電腦。萬一外賓的電腦設備臨時出問題，請資訊工程人員幫忙檢查維修時，要記得移除因檢查之故所安裝的軟體，以免造成外賓日後使用的困擾。而用來備用的筆記型電腦，操作系統建議為英文介面，以利外賓操作。另外無線或有線網路的連接狀態，拷貝檔案的 USB 等細節，都應該提早為外賓設想。

85 簽證的問題
Visa Problems

 MP3 **85**

---

[1] **I'm afraid there's a problem with your paperwork.**

您的書面文件恐怕有問題。

> 接續著說
>
> We need to submit an official letter from Yoyodyne on your behalf about why you're here. 我們需要代表您從友友戴恩發一封公文，說明您為什麼會在這裡。

---

[2] **You'll have to pay a fine if you overstay your visa.**

您的簽證如果過期，會被罰款。

> 接續著說
>
> It's best to avoid having an overstay on your record. 您最好不要留下入境逾期的記錄。

---

[3] **Let me see if it's possible to extend your visa.**

我來看看能不能延長您的簽證。

> 換句話說
>
> We might be able to have your visa extended. Let me check on that. 我們或許可以讓您的簽證延長。我來查查看。

---

[4] **I'm sorry. Your visa application wasn't approved.**

很遺憾，您的簽證申請沒有通過。

> 換句話說
>
> I've got some bad news. Your visa application didn't go through for some reason. 我收到了一個壞消息。您的簽證申請基於某些原因而沒有通過。

---

[5] **You may have to leave the country and then come back.**

您可能得先離開這個國家，然後再回來。

> 接續著說
>
> We'll get you a cheap round-trip ticket to Hong Kong. 我們會幫您買張便宜的來回票去香港。

---

[6] **It may be better to contact your consulate directly.**

或許直接和您的領事館接洽會比較好。

> 接續著說
>
> Hopefully they can help sort out this issue. 希望他們能幫忙找出這個問題。

---

on someone's behalf 代表某人 / **fine** [faɪn] *n.* 罰款 / **overstay** [ˌovəˋste] *v.* 逗留超過規定的時間 / **visa** [ˋvizə] *n.* 簽證 / **extend** [ɪkˋstɛnd] *v.* 延長 / **application** [ˌæpləˋkeʃən] *n.* 申請；請求 / **approve** [əˋpruv] *v.* 認可；批准 / **go through** 通過 / **round-trip** [ˋraʊndˋtrɪp] *adj.* 來回的 / **contact** [ˋkɑntækt] *v.* 與（人）連絡 / **consulate** [ˋkɑnslɪt] *n.* 領事館

163

MP3 86

1 I'm sorry that you have to leave on such short notice.

我很遺憾您在接到通知後這麼短的時間內就必須離開。

> **換句話說**
> You have to leave? Already? I thought you were here until next Monday. 您必須離開？已經要走了？我還以為您會在這裡待到下星期一。

2 Would you like to extend your stay?

您想延長您停留的時間嗎？

> **換句話說**
> I think you should try to stay a few more days. 我想您應該試著多待個幾天。

3 I'd be happy to make the arrangements.

我很樂意幫您安排一切。

> **換句話說**
> My secretary can make the arrangements for you. 我的祕書可以替您做安排。

4 It shouldn't be hard to get a seat this time of year.

在一年中的這個時候要機位應該不會很難。

> **接續著說**
> It's not peak travel season. 它並非旅遊旺季。

5 Let me get in touch with the airline and see what I can do.

我來聯絡一下航空公司，看看我能做些什麼。

> **接續著說**
> Could you write down your name the way it appears on your passport? 您能不能寫一下您的護照上所登錄的姓名？

6 I can recommend an excellent travel agency. Let me get the number for you.

我可以推薦一家優質的旅行社。讓我把號碼拿給您。

> **接續著說**
> One of the managers there is an old classmate of mine. 那裡有一位經理是我的老同學。

---

notice [ˋnotɪs] *n.* 通知 / **on short notice** 指在接到通知後的短時間內 / **peak** [pik] *adj.* 旺季的；高峰期 / **get in touch** （與……）聯繫；（與……）接觸 / **travel agency** *n.* 旅行社

接待經驗談

商務的行程難免會有突發狀況，以致需要臨時更改行程，比如：需要多點時間再拜訪一些廠商，或外賓想多待幾天造訪旅遊景點等。若行程有變化，便要協助外賓重新調整機位、飯店、交通、簽證相關事宜。有時候機位或飯店訂房不是說改就能改，因此，要幫外賓設想腹案 (Plan B)，最好將 alternative（其他選擇，額外選項）都列出來給外賓參考。

Part
9

與賓客道別

🎧 MP3 87

① **It was great working with you.**
真高興能和您合作。

It's been a pleasure working together. 很高興能攜手合作。

② **Well, this has been a really** productive **trip.**
嗯，這趟旅程收穫非常豐富。

We hit a few bumps, but we got the job done. 我們碰到了一些阻礙，但我們還是達成了任務。

③ **I'm happy everything** worked out **for us.**
很高興我們一切都很順利成功。

Ditto. I think this calls for a high-five. 我也一樣，我想這值得擊掌一下。

④ **I think we can say your trip was a success.**
我想我們可以說您這趟行程很成功。

I think everything worked out as well as we could have hoped for. 我想一切都照我們希望的，進行得很順利。

⑤ **I'm really looking forward to working together on this.**
我真的非常期待一起進行這個案子。

It's going to be a fun challenge. 這會是很有意思的挑戰。

⑥ **I'll be in touch next week about what we discussed.**
我下禮拜會與您聯絡告訴您我們討論的結果。

I'll send an email or text you and we can arrange a time to Skype. 我會寄電子郵件或傳簡訊，我們也可以安排時間來 Skype 一下。

productive [prə`dʌktɪv] *adj.* 有收穫的；富有成效的 / **work out** 有好結果 / **ditto** [`dɪto] *n.* 我也一樣 / **call for** 有必要 / **high-five** 舉手擊掌 / **text** [tɛkst] *v.* 傳簡訊給（某人）

🔍 *Tips*

商務經驗談

外賓到台灣開會或拜訪客戶告一段落之後,最好能整理一些重點回顧。記錄客戶需要什麼產品規格,未來需要辦什麼行銷活動等。最重要的是要整理出一份 action items,細節資訊包括人/事/時/地/物以便後續追蹤 (follow up),比如:

任務	負責人	行動	交期	追蹤
產品宣傳活動	林大春	撰寫行銷活動計劃	3/15/2014	2/15 電話詢問

將拜訪細節詳細地列出來,即可當作日後追蹤或查詢的依據。若後續沒有這樣的動作,很容易虎頭蛇尾,難以顯示出具體成效。

MP3 88

① **There were a few snags, but basically everything went quite smoothly.**

雖然有一些障礙，但是大致上一切進行得很順利。

換句話說

Well, I'll have to admit that was a total disaster, but at least we gave it a shot. 嗯，我必須承認那簡直是慘不忍睹，但是起碼我們盡力了。

---

② **I'm glad the negotiations are behind us. Now we can get to work.**

我很高興協商已經結束。我們現在可以開始著手工作了。

換句話說

With the groundwork laid, we can get down to the nitty-gritty. 如今基礎打好，我們就能展開實質作業了。

---

③ **Your presentation was really solid. Everyone was very impressed.**

您的簡報內容非常紮實，大家都印象深刻。

換句話說

Nice job with the presentation. You really nailed it. Kudos! 簡報很精彩。您真的是一針見血。了不起！

---

④ **It was nice getting to know you a little better.**

很高興能夠多了解您一些。

換句話說

I'm happy we had a chance to get better acquainted. 我很開心我們有機會變得更熟了。

---

⑤ **It was fun having you. We'll have to do it again sometime.**

能夠招待您真是開心。我們下次一定要再聚聚。

換句話說

I hope you've had as good a time as I've had. 希望您跟我一樣過得很愉快。

---

⑥ **When do you think you'll be back in this part of the world?**

您想您什麼時候還會再回到世界的這一角（我們這個地方）？

換句話說

Hopefully you'll have another chance to come over here again. 希望您下次有機會能再度來訪。

---

snag [snæg] *n.* 障礙；阻礙 / **total** [`totl] *adj.* 完全的 / **disaster** [dɪ`zæstɚ] *n.* 災難；不幸 / **groundwork** [`graʊnd͵wɜk] *n.* 基礎；根基 / **nitty-gritty** [`nɪtɪ`grɪtɪ] *n.* 關鍵；核心 / **solid** [`salɪd] *adj.* 結實的；堅固的 / **impress** [ɪm`prɛs] *v.* 使銘記；使獲得深刻印象 / **nail it** 搞定 / **kudos** [`kjudas] *n.* 光榮；名望 / **acquainted** [ə`kwentɪd] *adj.* 相識的

Tips

商務經驗談

某日本廠商來台灣介紹產品，簡報進行到一半時，投影機燈泡燒壞，在沒有投影片輔助的情況下，日本廠商只好用不太熟悉的英語勉強將簡報做完。半年後，此日本廠商又再度來台介紹產品，為了預防上一回舊事重演，他們印了精美講義、自備一台超小的攜帶型投影機作為備用，並且還勤練中文，直接用中文介紹產品，避免使用英文時詞不達意。由此例子可以看出，後續檢討的重要性。能從錯誤中學習，才能在未來做得更好。

1 **Thanks for making the trip all the way to Taiwan.**
謝謝您大老遠來到台灣。

> 換句話說
> Thanks again for coming out here. 再次感謝您過來一趟。

2 **I appreciate all your help.**
我要謝謝您的協助。

> 換句話說
> Your expertise really got us out of a tight spot. Thank you. 您的長才解決了我們的大難題。謝謝。

3 **We're grateful for everything you've done for us.**
我們非常感謝您為我們所做的一切。

> 接續著說
> Without your help, we would've been in really bad shape. 要是沒有您幫忙，我們就慘了。

4 **On behalf of everyone at Yoyodyne, I'd like to thank you for your help with the workshop.**
我謹代表友友戴恩，謝謝您對研討會的幫忙。

> 換句話說
> I think I speak for all of us when I say thank you so much for helping with the workshop. We couldn't have done it without you. 當我說，非常感謝您對研習會所做的幫忙時，我代表的是全體人員。要是沒有您，我們是不可能做到的。

5 **I know I speak for the entire department when I say "thank you".**
我要代表全體部門的人向您致謝。

> 接續著說
> We owe you one Mr. Smith. 我們欠您一次人情，史密斯先生。

6 **I truly appreciate your visit. It means a lot to all of us here.**
我真心感謝您的到訪，這對我們意義非凡。

> 接續著說
> We got you a small present to take back with you. 我們為您準備了一份小禮物，讓您帶回去。

---

appreciate [ə`priʃɪet] *v.* 感激 / **expertise** [ˌɛkspə`tiz] *n.* 專門知識、技術 / **tight spot** 困境 / **grateful** [`gretfəl] *adj.* 感激的 / **in bad shape** 情況很糟 / **on behalf of someone** 代表某人 / **workshop** [`wɝk.ʃɑp] *n.* 研討會

90 送禮
Gift Giving

MP3 90

1 **We got you a little going-away present.**

我們有一個小小的惜別禮物要送給您。

可以回答
Oh, you shouldn't have! Thank you! 噢，你們不該麻煩的！謝謝！

2 **I got you a little something to remember us by.**

我有一個會讓您想起我們的小東西要送給您。

接續著說
It's not much, but it comes from the heart. 它並不貴重，但是卻是一份心意。

3 **I'd like to present you with a small gift as a token of our appreciation.**

我想送您一個小禮物以表達我們的謝意。

可以回答
What a coincidence! I've got something for you, too. 真巧！我也有東西要送您。

4 **I have some certificates of appreciation to present to your group.**

我有幾張感謝狀要送給你們的團隊。

接續著說
And we have some Yoyodyne calendars and pens for you as well. 我們有一些友友戴恩的年曆和筆也要送給您。

5 **Here's a little something from our department to say thanks.**

這是我們部門要送給您的一個小禮物，代表我們的謝意。

可以回答
That's very generous of you. Thank you very much. Can I get a picture with all of you? 你們真是客氣。非常感謝。我能跟大家合照一張嗎？

6 **Our director would like you to have this.**

我們的主管希望您收下這個。

接續著說
It's our way of letting you know how much we appreciate our cooperation. 我們要藉此讓您知道，我們有多珍惜彼此的合作。

---

token [`tokən] *n.* 表徵；象徵；紀念品 / **appreciation** [ə͵priʃɪ`eʃən] *n.* 感激；感謝 / **coincidence** [ko`ɪnsɪdəns] *n.* 巧合 / **certificate** [sə`tɪfəkɪt] *n.* 證明書 / **cooperation** [ko͵ɑpə`reʃən] *n.* 合作

和老外拉近距離

商務環境中常以送禮的方式來表達對對方的感激與重視。除了可以選擇有公司特色的贈品之外,「彰顯當地特色」的禮品也很受歡迎。以具有台灣特色的禮品來說,筆者的某加拿大客戶就非常喜歡「龍」造型的台灣法藍瓷擺設。至於筆者收過最具特色的地方贈品是一塊來自柏林圍牆倒塌後所敲下來的石頭。「石頭」本身價值雖然不高,但其背後所代表的歷史意義卻非常值得珍藏!

91 交換聯絡方式
Exchanging Contact Information

🎧 MP3 91

詢問

1 **To be safe, could I have another one of your business cards?**

為了保險起見,我可以再跟您要一張名片嗎?

可以回答

Sure. And do you have one of Paul's cards by chance? 當然可以。您會不會恰好也有一張保羅的名片?

---

2 **Would you happen to have Mr. Lee's email address?**

您是否剛好有史密斯先生的電子郵件地址?

換句話說

Do you know if Mr. Smith is on Facebook? 您曉不曉得史密斯先生有沒有上臉書?

---

3 **Could I trouble you for Cynthia's contact information?**

我可以麻煩您告知辛希雅的聯絡方式嗎?

接續著說

If you don't have it now, that's OK. You can text or email it to me later. 假如您現在手邊沒有也沒關係。您可以晚一點用簡訊或電子郵件傳給我。

提議

4 **Let me write down my telephone number and email address for you.**

讓我寫下我的電話號碼和電子郵件地址給您。

接續著說

Do you have a Gmail account? If so, we can keep in touch that way too. 您有沒有 Gmail 的帳號?假如有的話,我們也可以以此來保持聯絡。

---

5 **I'll send you a text message with Paul's number.**

我會把保羅的電話號碼用簡訊傳給您。

接續著說

When you have a chance, please remember to send him Kate's number. 要是有機會的話,請您記得把凱特的號碼寄給他。

---

6 **I've printed up a list of contacts that you might find useful.**

我已經列印了一張聯絡人名單,您可能會用得上。

接續著說

I've also sent it to you as an Excel attachment. 我也用 Excel 附件把它寄給您了。

---

by chance 偶然 / **happen to** 碰巧…… / **trouble** [`trʌbl] *v.* (表客氣時用) 麻煩 / **text message** [`tɛkst͵mɛsɪdʒ] *n.* 簡訊 / **contact** [`kɑn͵tækt] *n.* 連絡;連絡人 / **attachment** [ə`tætʃmənt] *n.* (電子郵件的) 附件

1. **It was great to finally meet you** in person.

   真高興終於見到了您本人。

   可以回答
   Definitely. Talking face-to-face sure beats emails and conference calls sometimes. 的確。有時候當面聊勝過電子郵件和電話會議。

2. **It's been a real pleasure getting to know you.**

   能夠認識您真是非常榮幸。

   換句話說
   It's been great working together. 能攜手合作真棒。

3. **I hope you've enjoyed your stay as much as we have.**

   我希望您和我們一樣對於您的到訪感到非常愉快。

   可以回答
   Very much so. You've been a great host. 確實非常愉快。你們是很棒的東道主。

4. **I've had a great time showing you around.**

   帶著您四處參觀，我非常開心。

   可以回答
   And I had a great time seeing the sights. I'll return the favor when you make it over my way. 能到處看看我也非常開心。等您去我那裡的時候，我也會比照辦理。

5. **Well,** bon voyage.

   那，祝您一路順風。

   接續著說
   In Chinese we say "yilu shunfeng." 我們中文說「一路順風」。

6. **OK. Take care. Until next time. Good-bye.**

   好，多保重。下次再見了，拜拜。

   接續著說
   Have a good flight. 祝您飛行順利。

---

in person 親自 / **host** [host] *n. / v.* 主人／招待 / **return the favor** 回報恩惠 / **bon voyage**【法文】一路順風

Section 3
任務之後

Part 10

後續聯繫

🎧 MP3 93

1 I just wanted to thank you again for coming.

我只是想再度謝謝您的來訪。

換句話說
Thanks again for coming. 再次謝謝您來訪。

---

2 Thanks so much for allowing us to host you.

非常感謝您接受我們的招待。

換句話說
We're glad we could host you. 很高興我們能招待您。

---

3 We appreciate all the help you gave us while you were here.

我們感謝您在這裡給予我們的一切協助。

換句話說
You were a huge help to us. Thank you. 您幫了我們大忙。謝謝。

---

4 It was a real pleasure being able to show you around.

能夠帶您四處參觀是我的榮幸。

換句話說
I'm glad I had a chance to show you the city. 很高興我有機會帶您逛逛市區。

---

5 On behalf of the whole department, I'd like to say, "Great presentation!"

謹代表全體部門,我想對您說:「您的簡報太精采了!」

換句話說
We all think you did a great job on the presentation. 我們全體人員都認為您的簡報很精采。

---

6 Your visit was a great success. Thank you.

您的到訪非常成功。謝謝您。

換句話說
Your visit more than met our expectations. 您的到訪比我們預期的還棒。

MP3 94

---

1 **I've** attached **that** spreadsheet **we talked about.**

我附上了我們提過的試算表。

> **換句話說**
> Attached you'll find the spreadsheet we discussed. 你在附件中會看到我們所討論到的試算表。

---

2 **I'll get those files to you in a day or two.**

我過一兩天會把那些檔案傳給您。

> **換句話說**
> Give me a day or two to get those files to you. 給我一兩天來把那些檔案傳給您。

---

3 **Those** figures **I promised are** on the way.

我答應要提供給您的數字馬上就寄到。

> **換句話說**
> I'll send those figures I promised in my next email. 在下一封電子郵件裡,我就會把答應要提供給您的那些數字寄過去。

---

4 **We'll have those product** samples **in the mail by the end of the week.**

我們會將產品樣本在本週末之前寄給您。

> **接續著說**
> I'll include a tracking number so you can track the package online. 我會附上提單號碼,好讓您能上網追蹤包裹。

---

5 **I'll call you on Wednesday morning, your time, to confirm.**

我會在您那邊的星期三早上打電話給您以確認。

> **換句話說**
> I'll give you a confirmation call your Wednesday morning. 我會在您那邊的星期三早上打個確認電話給您。

---

6 **I'd really appreciate that contact information if you can send it** at your earliest convenience.

如果您方便,請盡早告知那個聯絡方式,我會非常感激。

> **換句話說**
> Please pass along that contact information when you can. 您方便的時候,麻煩告知那個聯絡方式。

---

attach [ə`tætʃ] v. 附上;使依附 / **spreadsheet** [`sprɛd.ʃit] n. 試算表 / **figure** [`fɪgjə] n. 數字;金額 / **on the way** 在途中 / **sample** [`sæmpl] n. 樣本 / **confirmation** [.kɑnfə`meʃən] n. 確認;證實 / **at your earliest convenience** 您方便時盡早 / **pass along** 傳遞

後續聯繫經驗談

有時在業務討論的當下不一定會立即有結果，而是要等會議結束或拜訪客戶過後，才會依需求在後續寫出相關文件（例如：報價單、合約、提案、記錄），隨後才使用 email 寄給相關人員。

在聯繫後續訊息時，不要僅模糊地表示 "I will get back to you soon."（我會盡快回覆你。）老外心中會產生疑問 "How soon?"（盡快是多快？）最好是明確地將人／事／時／地／物等細節都表示清楚："I will send the proposal and pricing list to all project managers via email this Friday by noon."（我會在本週五中午前，將提案與價格表寄給諸位專案經理。）

🎵 MP3 95

1 I've attached some photos from your stay.
我附上了您來訪期間拍的一些照片。

換句話說
Check out the attached images from your visit. 瞧瞧附件中您來訪時的相片。

2 The attached pictures were taken during the facility tour last Wednesday.
附上的照片是上星期三我們參觀工廠時拍的。

換句話說
The pictures attached are from last Wednesday's tour. Enjoy! 附上的照片是上星期三參觀時拍的。好好欣賞吧。

3 Noah sent me the pictures he took at the banquet. See below.
諾亞把在晚宴上拍的照片寄給了我。請見下方。

換句話說
Noah put a few pictures from the banquet online. Click the link to see them. 諾亞把幾張晚宴照片放到了網路上。點選連結就看得到。

4 Wait until you see the pictures from the performance. They came out great.
等到您看到表演時拍的照片就知道。拍得真好。

換句話說
Get a look at the pictures from the performance. They're priceless. 看看表演時拍的照片。真是棒極了。

5 I've reminded Jeff to send you the pictures from the trip.
我已經提醒傑夫要把參訪時拍的照片寄給您。

換句話說
Jeff should be sending you the pictures from the trip soon. 傑夫應該很快就會把參訪時拍的照片寄給您。

6 Be sure to pass along the video you took.
記得把您拍的影片用電子郵件寄給我。

換句話說
Don't forget to send me that video footage you shot. 別忘了把您拍的那段影片寄給我。

---

performance [pə`fɔrməns] *n.* 演出；表演 / **come out**（照片）洗出來 / **priceless** [`praɪslɪs] *adj.* 無價的；極珍貴的

🎵 MP3 96

1. **When are we going to be able to get together again?**
   我們什麼時候可以再聚一聚？

   換句話說
   Any word yet on when you'll be over here next? 您下次什麼時候會來，有沒有什麼消息？

2. **I really hope you'll be able to make another visit next spring.**
   我真的希望您明年春天可以再度來訪。

   換句話說
   Does it look like a visit next spring is in the cards? 看起來明年春天來訪是否有可能呢？

3. **What's your schedule looking like in October? We'd love to have you back then.**
   您十月的行程如何？我們很希望到時候能請您回來。

   換句話說
   How does your schedule look for a follow-up visit in October? 您十月有沒有什麼後續的參訪行程呢？

4. **Hopefully you can manage another trip before the product launch in February.**
   希望您能在二月產品推出之前設法再來一趟。

   換句話說
   Would you be able to visit again before the February product launch? 在二月產品推出之前，您能再來一趟嗎？

5. **It's looking like I won't be able to schedule the meeting in May as we had planned.**
   看來我沒辦法按我們先前計劃好的在五月安排那場會面了。

   換句話說
   Unfortunately, our plans for a meeting in May are looking less likely. 很可惜，我們五月份的會面計劃看起來機會不大了。

---

in the cards 很有可能發生 / **follow-up** [ˋfɑloˌʌp] *n.* 後續行動 / **manage** [ˋmænɪdʒ] *v.* 設法做到 / **launch** [lɔntʃ] *v.* 推出；發行 / **unfortunately** [ʌnˋfɔtʃənɪtlɪ] *adv.* 不幸地；可惜地 / **likely** [ˋlaɪklɪ] *adj. / adv.* 可能發生的 / 可能

APPENDIX

中式料理常用詞彙

此附錄為筆者針對本書「Part 4 觀光嚮導：吃喝篇」所延伸整理的中式料理清單。熟習這些常用的特色佳餚說法，在接待外賓時，也能輕鬆透過美食交流，善盡地主之誼！

💬 **台灣食物** 🔊 **MP3 97**

1. **braised pork rice** [`brezd`pork‚raɪs] *n.* 滷肉飯
2. **spring roll(s)** [`sprɪŋrol(z)] *n.* 春捲
3. **duck with ginger** [`dʌkwɪð`dʒɪndʒɚ] *n.* 薑母鴨
4. **steamed sandwich** [`stimd`sændwɪtʃ] *n.* 割包
5. **egg cake** [`ɛg‚kek] *n.* 蛋餅
6. **oyster omelet / vermicelli** [`ɔɪstɚ`amlɪt/vɝmə`sɛlɪ] *n.* 蚵仔煎 / 麵線
7. **pig's blood cake** [`pɪgz`blʌd‚kek] *n.* 豬血糕
8. **stewed lamb** [`stjud`læm] *n.* 羊肉爐
9. **stinky tofu** [`stɪŋkɪ`tofu] *n.* 臭豆腐
10. **Taiwanese meatball(s)** [‚taɪwə`niz`mit‚bɔl(z)] *n.* 肉圓
11. **thick pork soup / noodles** [`θɪk`pork‚sup/`nud‚z] *n.* 肉羹湯 / 麵
12. **salty rice pudding** [`sɔltɪ`raɪs‚pudɪŋ] *n.* 碗粿
13. **boiled dumpling(s)** [`bɔɪld`dʌmplɪŋ(z)] *n.* 水餃
14. **noodles with marinated meat sauce** [`nud‚zwɪð`mærə‚netɪd`mit‚sɔs] *n.* 炸醬麵
15. **glutinous oil rice** [`glutɪnəsɔɪl‚raɪs] *n.* 油飯
16. **rice dumpling(s)** [`raɪs‚dʌmplɪŋ(z)] *n.* 肉粽
17. **cold noodles** [`kold`nud‚z] *n.* 涼麵
18. **curry over rice** [`kɝɪ`ovɚ`raɪs] *n.* 咖哩飯
19. **fried leek dumpling(s)** [`fraɪd`lik`dʌmplɪŋ(z)] *n.* 韭菜盒
20. **pork knuckle** [`pork`nʌkl] *n.* 豬腳
21. **pork / chicken cutlet** [pork/`tʃɪkɪn`kʌtlɪt] *n.* 炸豬排 / 炸雞排
22. **minced pork on rice** [`mɪnst`porkan`raɪs] *n.* 魯肉飯
23. **sesame oil chicken** [`sɛsəmɪ‚ɔɪl`tʃɪkɪn] *n.* 麻油雞
24. **three cups chicken** [`θri`kʌps`tʃɪkɪn] *n.* 三杯雞
25. **shredded chicken on rice** [`ʃrɛdɪd`tʃɪkɪnan`raɪs] *n.* 雞絲飯
26. **turkey rice bowl** [`tɝkɪ`raɪs‚bol] *n.* 火雞肉飯
27. **thick soup with cuttlefish** [`θɪk`supwɪð`kʌtl̩‚fɪʃ] *n.* 花枝羹
28. **shabu-shabu** [`ʃabu`ʃabu] *n.* 涮涮鍋
29. **pearl milk tea** [`pɝl`mɪlk‚ti] *n.* 珍珠奶茶
30. **tofu pudding** [`tofu‚pʊdɪŋ] *n.* 豆花

31 **vegetarian gelatin** [ˌvɛdʒə`tɛrɪənˈdʒɛlətn̩] *n.* 愛玉

32 **tomatoes on sticks** [tə`metoɑnˈstɪks] *n.* 糖葫蘆

33 **grass jelly** [`græsˌdʒɛlɪ] *n.* 仙草

34 **suncake** [`sʌnˌkek] *n.* 太陽餅

35 **wheel cake** [`hwilˌkek] *n.* 車輪餅

36 **barbequed squid** [`bɑrbɪkjudˈskwɪd] *n.* 烤魷魚

37 **coffin bread** [`kɔfɪnˌbrɛd] *n.* 棺材板

38 **lumpia** [`lumpiɑ] *n.* 潤餅

39 **shawarma** [ʃɑ`warmɑ] *n.* 沙威馬

🗣 中國南方食物 🎧 MP3 98

1 **congee** [`kɑndʒi] *n.* 粥

2 **dim sum** [`dɪmˈsʌm] *n.* 點心

3 **egg tart** [`ɛgˌtɑrt] *n.* 蛋撻

4 **jelly dessert** [`dʒɛlɪdɪˌzɜt] *n.* 龜苓膏

5 **phoenix talons (chicken feet)** [`finɪksˌtælənz] *n.* 鳳爪

6 **curry pastry** [`kɜ˞ˌpestrɪ] *n.* 咖哩酥餃

7 **rice noodle roll(s)** [raɪsˈnudl̩ˌrol(z)] *n.* 腸粉

8 **fried bun(s)** [`fraɪdˈbʌn(z)] *n.*（上海）生煎包

9 **roast pork bun(s)** [`rostˈpɔrkˌbʌn(z)] *n.* 叉燒包

10 **little basket bun(s)** [`lɪtl̩ˈbæskɪtbʌn(z)] *n.* 小籠包

11 **chao-chiu style dumpling(s)** [`tʃauˈtʃjuˌstaɪlˈdʌmplɪŋ(z)] *n.* 潮州粉粿

12 **shrimp dumpling(s)** [`ʃrɪmpˌdʌmplɪŋ(z)] *n.* 蝦餃

13 **spinach steamed dumpling(s)** [`spɪnɪtʃˈstimdˈdʌmplɪŋ(z)] *n.* 翡翠蒸餃

14 **steamed dumpling(s)** [`stimdˈdʌmplɪŋ(z)] *n.* 蒸餃

15 **steamed pork dumpling(s)** [`stimdˈpɔrkˌdʌmplɪŋ(z)] *n.* 燒賣

16 **watercress dumpling(s)** [`wɔtə˞ˌkrɛsˌdʌmplɪŋ(z)] *n.* 西菜餃

17 **sweet soup** [switsup] *n.* 甜湯

18 **black sesame soup** [`blækˈsɛsəmɪˌsup] *n.* 芝麻糊

19 **red / green bean soup** [`rɛd/`grinˈbinˌsup] *n.* 紅／綠豆湯

20 **taro cake** [`taroˌkek] *n.* 芋頭糕

21 **coffee milk tea** [`kɔfɪˈmɪlkˌti] *n.* 鴛鴦奶茶

22 **beef stew** [`bifˌstju] *n.* 燉牛肉

23 **beef with wide rice noodles** [`bifwɪðˈwaɪdˈraɪsˌnud(z)] *n.* 乾炒牛河

24 **steamed / stir-fried fish intestines** [`stimd/`stɜ˞ˈfraɪdfɪʃɪnˌtɛstɪnz] *n.* 蒸／炒魚腸

25 **lo mein** [`loˈmen] *n.* 撈麵

26 **braised crispy chicken** [`brezdˈkrɪspɪˈtʃɪkɪn] *n.* 炸子雞

27 **seasoned roast chicken** [ˈsizŋdˈrostˌtʃɪkɪn] *n.* 鹽焗雞

28 **meat and vegetables over rice** [ˈmitænd ˈvɛdʒətəbļzˌovəˈraɪs] *n.* 燴飯

29 **soy sauce chicken** [sɔɪsɔsˈtʃɪkɪn] *n.* 豉油雞

30 **soy sauce duck** [ˈsɔɪsɔsˈdʌk] *n.* 滷水鴨

31 **roast goose** [ˈrostˈgus] *n.* 燒鵝

32 **pork ribs** [ˈporkˌrɪbz] *n.* 豬肋排

33 **roast suckling pork** [ˈrostˈsʌklɪŋˈpork] *n.* 烤乳豬

34 **spit-roasted pork** [ˈspɪtˌrostɪdˈpork] *n.* 叉燒肉

35 **salt and pepper fried squid / shrimp** [ˈsɔltænd ˈpɛpəˈfraɪdˈskwɪd/ˈʃrɪmp] *n.* 椒鹽魷魚／蝦

36 **Buddha jumps over the wall** [ˈbudəˈdʒʌmpsˈovəðəˈwɔl] *n.* 佛跳牆

37 **three treasures rice** [ˈθriˈtrɛʒəˈraɪs] *n.* 三寶飯

38 **abalone soup** [æbəˈlonɪˌsup] *n.* 鮑魚煲湯

39 **bird's nest soup** [ˈbɜdzˈnɛstˌsup] *n.* 燕窩

40 **shark fin soup** [ˈʃarkfɪnsup] *n.* 魚翅煲湯

41 **wonton soup / noodles** [ˈwʌnˌtanˌsup/ˌnudļz] *n.* 雲吞湯／麵

中國北方食物 MP3 99

1 **beef pie** [ˈbifˌpaɪ] *n.* 牛肉餡餅

2 **beef roll** [ˈbifˌrol] *n.* 牛肉捲餅

3 **boiled dumpling(s)** [ˈbɔɪldˈdʌmplɪŋ(z)] *n.* 水餃

4 **pot sticker(s)** [ˈpatˌstɪkə(z)] *n.* 鍋貼

5 **red chili dumpling(s)** [ˈrɛdˈtʃɪlɪˌdʌmplɪŋ(z)] *n.* 紅油抄手

6 **deep-fried cruller** [ˈdipˈfraɪdˈkrʌlə] *n.* 油條

7 **millet porridge** [ˈmɪlɪtˈpɔrɪdʒ] *n.* 小米粥

8 **roasted flatbread with sesame seeds** [ˈrostɪdˈflætˌbɛdwɪðˈsɛsəmɪˌsidz] *n.* 芝麻燒餅

9 **scallion pancake(s)** [ˈskæljənˈpænˌkek(s)] *n.* 蔥油餅

10 **Shandong steamed bun(s)** [ˈʃandɔŋˈstimdˈbʌn(z)] *n.* 山東饅頭

11 **steamed pork /** [ˈstimdˈpork] *n.* 肉包

12 **vegetable bun(s)** [ˈvɛdʒətəbļˈbʌn(z)] *n.* 菜包

13 **steamed bun with fried egg** [ˈstimdˈbʌnwɪðˈfraɪdˈɛg] *n.* 饅頭夾蛋

14 **soy milk** [ˈsɔɪˌmɪlk] *n.* 豆漿

15 **Beijing roast duck** [beˈdʒinˈrostˈdʌk] *n.* 北京烤鴨

16 **beef noodle soup** [ˈbifˈnudļˌsup] *n.* 牛肉麵

17 **hot and sour soup** [ˈhatændˈsaʊrˌsup] *n.* 酸辣湯

18 **knife-sliced noodles** [ˈnaɪfˌslaɪstˈnudļz] *n.* 刀削麵

19 **soup noodles** [ˈsupˌnudļz] *n.* 湯麵

20 **savory thick noodles** [ˈsevəˌrɪˈθɪkˈnudļz] *n.* 大滷麵

1 **chow mein** [`tʃau`men] *n.* 炒麵

2 **fried rice** [`fraɪd`raɪs] *n.* 炒飯

3 **ants climbing a tree** [`ænt`klaɪmɪŋə`tri] *n.* 螞蟻上樹

4 **beef and scallions** [`bifænd`skæljən(z)] *n.* 蔥爆牛肉

5 **iron plate tofu / beef / chicken** [`aɪənplet`tofu/`bif/`tʃɪkɪn] *n.* 鐵板豆腐 / 牛柳 / 雞丁

6 **kung-pao chicken** [ˌkʌnpo`tʃɪkɪn] *n.* 宮保雞丁

7 **lion's head meatball(s)** [`laɪənz`hɛd`mit.bɔl(z)] *n.* 紅燒獅子頭

8 **mapo tofu** [`mɑpo`tofu] *n.* 麻婆豆腐

9 **stir-fried sliced potato** [`stɜ.fraɪ`slaɪstpə`teto] *n.* 炒土豆絲

10 **sweet and sour ribs / fish** [switænd`saur`rɪb(z)/`fɪʃ] *n.* 糖醋排骨 / 魚

11 **twice-cooked pork** [`twaɪskʊkt`pork] *n.* 回鍋肉

12 **yuxiang eggplant** [`juʃjɑŋ`ɛg.plænt] *n.* 魚香茄子

國家圖書館出版品預行編目資料

外商・百大英文接待勝經 / Brain Greene著. -- 初版. --
　臺北市：貝塔, 2014.03
　面；　公分
ISBN 978-957-729-942-0（平裝附光碟片）
1.英語　2.會話

805.188　　　　　　　　　　　　　　　102022379

外商・百大接待英文勝經

作　　者 / Brian Greene
執行編輯 / 范雅禎

出　　版 / 貝塔出版有限公司
地　　址 / 100 台北市中正區館前路 12 號 11 樓
電　　話 / (02) 2314-2525
傳　　真 / (02) 2312-3535
郵　　撥 / 19493777 貝塔出版有限公司
客服專線 / (02) 2314-3535
客服信箱 / btservice@betamedia.com.tw

經　　銷 / 高見文化行銷股份有限公司
地　　址 / 新北市樹林區佳園路二段 70-1 號
客服專線 / 0800-055-365
傳真號碼 / (02) 2668-6220

出版日期 / 2014 年 3 月初版一刷
定　　價 / 280 元
Ｉ Ｓ Ｂ Ｎ / 978-957-729-942-0

喚醒你的英文語感！

對折後釘好，直接寄回即可！

100 台北市中正區館前路12號11樓

 貝塔語言出版 收
Beta Multimedia Publishing

寄件者住址 □ □ □

貝塔語言出版
Beta Multimedia Publishing

讀者服務專線（02）2314-3535　　讀者服務傳真（02）2312-353
客戶服務信箱　btservice@betamedia.com.tw
www.betamedia.com.tw

謝謝您購買本書！！

貝塔語言擁有最優良之英文學習書籍，為提供您最佳的英語學習資訊，您可填妥此表後寄回（免貼郵票）將可不定期收到本公司最新發行書訊及活動訊息！

姓名：＿＿＿＿＿＿＿＿＿＿＿＿　性別：□男 □女　生日：＿＿＿年＿＿＿月＿＿＿日

電話：(公)＿＿＿＿＿＿＿＿＿(宅)＿＿＿＿＿＿＿＿＿(手機)＿＿＿＿＿＿＿＿＿

電子信箱：＿＿＿＿＿＿＿＿＿＿＿＿＿＿＿＿＿＿＿＿＿＿＿＿

學歷：□高中職含以下　□專科　□大學　□研究所含以上

職業：□金融 □服務 □傳播 □製造 □資訊 □軍公教 □出版

　　　□自由 □教育 □學生 □其他

職級：□企業負責人 □高階主管 □中階主管 □職員 □專業人士

1.您購買的書籍是？＿＿＿＿＿＿＿＿＿＿＿＿＿＿＿＿＿

2.您從何處得知本產品？(可複選)

　　　□書店 □網路 □書展 □校園活動 □廣告信函 □他人推薦 □新聞報導 □其他

3.您覺得本產品價格：

　　　□偏高 □合理 □偏低

4.請問目前您每週花了多少時間學英語？

　　　□ 不到十分鐘 □ 十分鐘以上，但不到半小時 □ 半小時以上，但不到一小時

　　　□ 一小時以上，但不到兩小時 □ 兩個小時以上 □ 不一定

5.通常在選擇語言學習書時，哪些因素是您會考慮的？

　　　□ 封面 □ 內容、實用性 □ 品牌 □ 媒體、朋友推薦 □ 價格□ 其他＿＿＿＿

6.市面上您最需要的語言書種類為？

　　　□ 聽力 □ 閱讀 □ 文法 □ 口説 □ 寫作 □ 其他＿＿＿＿＿＿

7.通常您會透過何種方式選購語言學習書籍？

　　　□ 書店門市 □ 網路書店 □ 郵購 □ 直接找出版社 □ 學校或公司團購

　　　□ 其他＿＿＿＿＿＿＿

8.給我們的建議：＿＿＿＿＿＿＿＿＿＿＿＿＿＿＿＿＿＿＿＿＿

＿＿＿＿＿＿＿＿＿＿＿＿＿＿＿＿＿＿＿＿＿＿＿＿＿＿＿＿

喚醒你的英文語感！

Get a Feel for English !

喚醒你的英文語感！

Get a Feel for English !